句话浙江·金华

明月双溪水

丛书编写组 编

浙江古籍出版社

编纂指导工作委员会

主　任：赵　承
副主任：来颖杰　虞汉胤
成　员：（按姓氏笔画排序）
　　　　丁如兴　邓　崴　申中华　叶伯军　叶国斌
　　　　吕伟强　刘中华　芮　宏　张东和　金　彦
　　　　施艾珠　黄海峰　程为民　潘军明

专家指导委员会

主　任：陈尚君
成　员：（按姓氏笔画排序）
　　　　吴　蓓　尚佐文　陶　然　葛永海

本册编写人员（按姓氏笔画排序）

　　　　王晓明　陈国友

总　序

　　中国诗歌源远流长，姿态丰盈，溯其初始，皆以《诗三百》为中原之代表，以《楚辞》为南方的代表，浙江偏处东南，似皆无预。其实，万年上山遗址被誉为"远古中华第一村"，良渚遗址是实证中华五千多年文明史的圣地，越州禹庙的存在，知古越人对以编户齐民到三皇五帝传说之形成，也不遑多让。越地保存的《弹歌》："断竹，续竹；飞土，逐宍。"记录初始人民与百兽竞逐的生存状态，有可能是中国保存最早的古诗。而时代不晚于战国的《越人歌》，以"山有木兮木有枝，心说君兮君不知"的天籁之音，表达古越人两心相悦、倾情诉述的真意。从南朝时期的《阿子歌》《钱唐苏小歌》中，还能体会到古越民歌这种明丽之声的赓续和弘传。

　　秦并六国，天下设郡，会稽郡为三十六郡之一，也为越地州郡之始。到有唐一代，今浙江境内设有十州，虽历代区划皆有调整，省境规模大致底定。十一市的格局虽确定于晚近，但各市历史上无论称郡称州称府，无不文明昌盛，文士群出，文化发达，存诗浩瀚。就浙江在中华文化版图中日显昭著的地位而言，我们可以提到几个很特殊的时期。一是西晋末永嘉南渡，大批中原士族客居江南，侨居越中，越中山水秀丽，跃然于文化精英的笔端："千岩竞秀，万壑争流，草木蒙笼其上，若云兴霞蔚。"山阴道上，剡溪沿流，留下大量珍贵记录。南北对峙，南朝绵续，越地经济发展，景观也广为世知。二为唐代安史乱后，士人南奔，实现南北文化的再度融合。中唐伟大诗人白居易、韩愈、柳宗元、刘禹锡皆出身于北方文化世家，但出生或成长在江南。浙江东西道之设置将今苏南、浙江之地分为两道，其文化昌盛、诗歌丰富，已不逊于中原京洛一带。三是唐末大乱，钱镠祖孙三代割据吴越十四州，出身底层而向往士族文化，深明以小事大之旨，安定近百年，不仅使其家族成为千年不败、人才辈出的文化世家，也为吴越文化造就无数人才。四是靖康之变，宋室南渡，定都临安即今杭州，更使浙江成为全国的政治经济文化中心。此后九百年，浙江在全国举足轻重的地位，历经江山鼎革，人事迁变，始终没有动摇。

浙江人杰地灵，文化繁荣，山水奇秀，集中体现在每一时代、每一州郡，皆曾出现过一流人物，不朽著作，杰出诗篇。"诗话浙江"的编著，即以省内十一市域各为单元，选编历代最著名的诗篇，以在地的立场，重视本籍诗人，也不忽略游宦客居之他籍人士，务求反映本土之风光人情，家国情怀，文化地标，亲历事变，传达省情乡情，激发文化自信，培养乡土情怀，增进地方建设。

唐人元稹有"天下风光数会稽"（《寄乐天》）之句，引申说天下山水数浙江，应该不会有人反对。东晋孙绰《游天台山赋》以全景式的鸟瞰写出天台山之俊奇雄秀，王羲之约集家人朋友高会兰亭，借山水寄慨，是越中诗赋写山水之杰作。广泛游历，寄情山水，留下众多诗篇的刘宋大诗人谢灵运，以诗作为山水赋予了灵魂。本套丛书中杭州、绍兴、台州、温州、丽水、金华诸册，皆收有谢诗，如"林壑敛暝色，云霞收夕霏"之绚烂，"白云抱幽石，绿篠媚清涟"之妩媚，"明月在云间，迢迢不可得"之企羡，"池塘生春草，园柳变鸣禽"之惊喜，"乱流趋正绝，孤屿媚中川"之特写，"石浅水潺湲，日落山照曜"之素描，"崖倾光难留，林深响易奔"之观察，无不在瑰丽山川描摹中投入自己的真实情感，开创了山水诗的无数法门。此后的历代诗人，无论名气大小，游历深浅，无不步武谢诗，传达独到的观察与体悟，留下不朽的诗篇。

浙江各市皆有标志性的名山秀水，且因历代官民之开拓建设，历代文人之歌咏加持，而得名重天下。以旧州名言，台州得名于天台山；明州得名于四明山；处州本名括州，因括苍山得名，避唐德宗名而改；湖州得名于太湖。南湖烟雨，孕育出以朱彝尊为代表的浙西词派。西湖名重天下，离不开白居易和苏轼两位大诗人任职时的建设疏浚，更因他们写下无数脍炙人口的名篇而广为世人所知。有些名山云深道险，如雁荡山，弘传最有功者为唐末诗僧贯休，以兰溪人而得广涉东瓯名山，"雁荡经行云漠漠，龙湫宴坐雨蒙蒙"（《诺矩罗赞》）二句极其传神，此后方为世重。类似例子还有很多，读者可从全套丛书中细心阅读，会心感悟。

其实，山灵水秀触发了诗人的灵感，诗人的名篇也促使了人文景观的升华。兰亭是众所瞩目的名胜，还可以举几个特别的例子。南朝诗人沈约出任东阳太守期间，在金华建玄畅楼，常登楼观景抒情，更特别的是他还写了与楼相关的八首抒情长诗，世称《八咏诗》，名重天下，后人更将玄畅楼改名八咏楼，成为有名的故事。衢州烂柯山又名石桥山、石室山，因南朝任昉《述异记》云东晋王质入山砍柴迷路，遇二童子对弈，着迷而耽搁许久，欲归而发现斧柄已烂，从此有烂柯之名，且因此而成为围棋仙地。缙云仙都山以鼎湖峰最为著名，因其拔地而起高达一百七十多米的石柱而备受关注，传为黄帝置鼎炼丹或飞升处而知名，更成为国内著名的黄帝祭祀地，历代相关诗歌也很多。在历代诗人的共同努力下，浙江各市皆形成了有全国重大影响的山水名区与文化地标。近年在国内外有重大影响的浙东唐诗之路，借用唐代诗人宋之问《题杭州天竺寺》"待入天台路，看予度石桥"所言，即其起点是杭州（也有说法具体到渔浦潭），东行经绍兴、上虞，至剡溪经新昌、嵊州，目的地是天台山，沿途著名景点有镜湖、曹娥庙、大佛寺、天姥山、沃洲山、石梁飞瀑、国清寺等。六朝至唐的另一条诗路，则是从杭州溯钱江而上，经富阳、桐庐、兰溪、金华、丽水、青田而到温州，沿途名区也不胜枚举。近年经学者研究，唐诗之路其实遍布浙江的各个由水路和陆路形成的人文景观，在古迹复原、石刻调查、摩崖寻拓、驿路搜索等方面，都有许多新的发现，在此不能一一叙述。

浙江民风淳朴，勤劳奋发，但也有慷慨悲歌、报仇雪耻的另一面。春秋时代的吴越相争，槜李之战就发生在今嘉兴。后越王勾践在国破家亡之际，忍辱负重，卧薪尝胆，终得复国。浙江历代无数仁人志士，为国家民族生存，为乡邦安宁发展，曾做过许多可歌可泣的努力。舟山在浙江偏处边隅，有两段往事尤可称诵。一是南宋初金人南侵，宋高宗避地舟山，在海上漂泊数月，方得保存国脉。二是明清易代，浙东抗清武装退居海上，张煌言以身许国，以舟山为重要支点，坚持斗争，所作《翁洲行》倾诉了满腔爱国激情。同时陈子龙、顾炎武都有声援诗作。吴伟业所作《勾章井》写鲁王元妃的以身殉国，也可见其情怀所系。近代中国剧变，浙江受冲击尤剧，本书收入龚自珍、左宗棠、郭嵩焘、蔡元培、秋瑾、鲁迅等人诗作，分别可以看到有识之士在世变中对自改革的呼吁、守卫国家领土的努力、放眼看世界的鸿识、反抗清王朝的革命，以及创造新文化的勇气。虽然人非皆浙籍，诗或因他故，他们的功绩是应该记取的。

浙江海岸线漫长，自古即多良港，由于洋流的原因，日本遣唐使和学问僧多以越、明、台、温四州为到达和返国之地。名僧最澄、空海、圆仁、圆珍都在诸州广交友人，广参名僧，访求典籍，体悟佛法，归国后分别弘传天台宗和真言宗（空海在长安得法于青龙义操），写就中日文化交流的重要一笔。圆珍在中国的授法僧清观，曾寄诗圆珍，有"叡山新月冷，台峤古风清"（全篇不存）二句，传达中日佛教界的血脉亲情。宋元之间的一山一宁、无学祖元，再度东渡，在日本弘传临济禅法。至于儒学东传，特别要说到明清之际的朱之瑜（舜水），在长期抗清斗争失败后，他东渡日本，受到江户幕府的热忱接纳，开创水户学派，弘扬尊王攘夷的学说，成为日本后来明治维新的重要思想资源。至于宁波开埠以后西学的传入，也可从许多诗作中得到启示。

至于浙江对中国学术文化的贡献，可讲者太多，大多也可在本套丛书中读到。先从天台山说起。佛教天台宗创始于陈隋之际的智者大师智顗，其辨教思想与天台法理，皆使佛教中国化达到了空前高度。数传而不衰，更在日本发扬光大。天台道教则以桐柏宫为最显，司马承祯为宗师，与茅山、龙虎山并峙为江南三重镇。缙云道士杜光庭避乱入蜀，整理道藏，贡献巨大。寒山是天台的游僧，他书写于山岩石壁上的悟道喻世诗作，由道士徐灵府整理成集，流传不衰，并在现代欧美产生广泛影响。道士而为僧人整理遗篇，恰是三教和合的佳话。至于宋末元初三大家王应麟、胡三省、马端临，皆生长著述于浙东，而清初三大启蒙思想家中的黄宗羲也是浙人。黄宗羲子黄百家，更是中国弘传哥白尼日心学说之第一人。更应说到宋陆九渊、明王守仁倡导的儒家心学一派，明末影响巨大，至今仍受广泛注意。至于朱子后学如慈湖杨简、东发黄震，亦曾名重一时。本套丛书以介绍诗词为主，于学术文化亦颇有涉及，读者可加以关注。

浙江物产丰饶，各市县乡镇都有各自的特产与名品。如果举其大端，则为茶、绸、果、笋。茶圣陆羽是今湖北天门人，但他成名则在今湖州与江苏常州共有的顾渚茶山。陆羽不仅致力于茶的采摘与制作工序，更讲究茶的烹煮和水的选择，曾设计组合茶具套装。陆羽存诗不多，但湖州历代咏其茶艺之诗络绎不绝。白居易《缭绫》写越州所贡罗绡纨绮，有"应似天台山上月明前，四十五尺瀑布泉"的描述，进而质问："织者何人衣者谁？越溪寒女汉宫姬。"直至近代，湖丝、杭绸一直广销世界。浙江果蔬丰富，如余姚杨梅、黄岩蜜橘、嘉兴檇李、湖州莲子、绍兴荷藕，皆令人齿颊生津，品啖称快。竹林遍布浙江，既可采以制作器具，又可食其初笋而得天然美味。宋初僧赞宁撰《笋谱》，主要采样于天目山笋。古代文人以竹取其高雅，食笋更见其清新出俗，在诗中也多有表达。

本套丛书由中共浙江省委宣传部策划指导，十一个市委宣传部组织编写，由浙江古籍出版社出版。各市对地方文献及历代诗歌皆有长期积累与研究，故能在较快时间内完成书稿，数度改易增删，以期保证质量。然而从浙江历代浩瀚的典籍中选取为一般读者喜闻乐见的作品，叙述作者生平事迹，准确录文并解释，深入浅出地品赏分析，实在不是一件很容易的事情。出版社邀请省内专家审稿，提出问题疑点，纠正传本讹脱，皆已殚尽心力。比如明唐胄的《衢州石塘橘》诗中"画舫万笼燕与魏"，与下句"青林千顷鹿和狮"比读，初以为指牡丹，但"燕"字无着落，经反复查证，方知"燕与魏"指燕文侯、魏文帝关于柑橘的两个典故。再如文天祥经温州所写诗，通行本作"暗度中兴第二碑"，中兴碑当然指湖南浯溪颜真卿书元结《大唐中兴颂》，然"暗度"该作何解？经查明刻本《文山先生全集》收的《指南录》作"暗读"，诗意豁然明朗，即文天祥在人生最困难的时刻，仍然没有放弃奋斗的目标，希望大宋再度中兴。

  我们深知，作者与编辑发现并妥善解决的疑点，只是众多存疑难决问题中的一部分。整套书希望给读者提供一份浙江各地诗词的丰盛大餐，但烹制难以尽善尽美，肯定还有不足之处，敬俟读者批评指正，以期后续修订完善。

陈尚君

2024 年 11 月

前　言

"水通南国三千里，气压江城十四州。"自秦王政二十五年（前222）置县以来，古称婺州的金华至今已有两千多年漫长的历史。这里是地理上的"浙江之心"，山川灵秀，物产丰富，英才辈出。双龙洞、方岩山得天工之奇，佛手、方山柿发地产之异，火腿、酥饼、木雕尽人工之巧，东晋黄初平、南朝傅翕、唐代骆宾王、北宋胡则、南宋吕祖谦、元代朱丹溪、清初李渔，络绎续人文之光。诚可谓地灵育人杰，人杰重地灵，千古风流，驰誉四海。

金华自古是诗词重镇。从磐安婺江源到兰溪将军岩，一条蜿蜒秀水将八婺紧紧连接，构成了钱塘江诗路的浙中诗路。南朝刘宋时期，谢灵运自永嘉返乡途经东阳江，听闻山中青年男女对歌，诗兴顿起，写下了《东阳溪中赠答诗二首》，"迢迢不可得""月就云中堕"，生动反映了金华古代青年对爱情的大胆追求。自此以后，诗词的鲜花便在这片沃土上开得万紫千红，蔚为壮观。不仅孕育出许多让人引以为豪的文学大家，如骆宾王、贯休、陈亮、宋濂、李渔，还吸引了沈约、孟浩然、李白、崔颢、戴叔伦、王安石、李清照、陆游、朱熹、赵孟頫等文化巨擘，留下了无数名篇佳构，共同孕育出金华诗词的灿烂辉煌。

"东阳本是佳山水"，唐代诗人刘禹锡这一诗句，是对金华奇山秀水最中肯的评价。作为一座充满诗性的城市，这里的水光山色托举起了历代诗歌的绚丽多姿。蜿蜒曲折数百公里的清澈河流，海拔上千米的秀美峰峦，以及隐匿于群峰之中的奇巧岩洞，构成了金华独特的自然景观，也为诗词创作提供了天然养分。于是就有了沈约的"危峰带北阜，高顶出南岑"，孟浩然的"岭猿相叫啸，潭嶂似空虚"，权德舆的"风前荡飔双飞蝶，花里间关百啭莺"，袁吉的"步步前登清汉近，时时回首白云低"，韩元吉的"不知屦蹑青霄上，但觉身行绀雾中"，王淮的"白沙三十有六堰，春水平分夜涨流"，杨万里的"金华山高九天半，夜雪装成珠玉案"，唐仲友的"决流作瀑飞短虹，小阁踞坐尘虑空"，袁桷的"云生古洞千山雨，风送层楼万壑秋"，萨都剌的"越船一叶兰溪上，载得金华一半青"，吴师道的"千峰烟雨乱峥嵘，中涌芙蓉一朵青"，查慎行的"疏林野岸开平远，漠漠江天秋向晚"。华章锦句，精彩纷呈，令人叹为观止。

"八咏遗风资逸兴"，是唐代诗人方干发自内心对金华的赞叹。千百年来，这里留下了众多让历代诗人诗兴勃发的古代遗迹。南齐隆昌元年（494），史学家、文学家沈约出任东阳郡太守，见北山洞府之奇，双溪渔舟之胜，更喜刑清讼简，于是兴建起一座雄伟壮观的玄畅楼，并欣然作《登玄畅楼》以记之，不久又作《八咏诗》。《八咏诗》匠心独运，尤其在篇章结构方面大胆创新，对中国诗坛产生了深远的影响。自唐代起，民间就将玄畅楼称为八咏楼，宋至道元年（995），婺州知府冯伉顺应民意，正式将其更名为八咏楼，并将沈诗勒石于楼下，以志纪念。八咏楼由此成为金华文化的千古地标，享有"两浙第一楼"的美誉，并引来了崔颢、严维、李清照、潘良贵、唐仲友、吕祖谦、鲜于枢、赵孟頫等文豪登临赋诗，并令李白、黄庭坚等巨擘系念于心、发于吟咏，成为一座名副其实的诗歌之楼。沈约倡"四声八病"，是"永明体"代表作家，在推动近体格律诗形成的过程中起到关键作用，被誉为"唐诗兴盛的奠基人"。八咏楼是纪念沈约创新精神和诗歌成就的一座丰碑，也是矗立金华、照耀全国的一座诗词灯塔。

"林泉松石到今别，兄弟神仙自古无"，是元代金华诗人胡助对金华山神仙故事的诗意描述。黄初平在金华山牧羊得道升仙的故事在这里家喻户晓，也令众多文人倾慕向往。南朝诗人庾肩吾以"试逐赤松游，披林对一丘"的诗句，表达了自己心驰神往的从仙之意。诗仙李白则表达了从游未遂的遗憾："金华牧羊儿，乃是紫烟客。我愿从之游，未去发已白。"孟浩然用此典故表达对梅道人的歆羡："忽逢青鸟使，邀我赤松家。"刘长卿、皎然、贯休等唐代诗人也都为黄大仙留下了瑶篇佳句。明太祖朱元璋到此，欣然写下"群羊朝牧遍山坡，松下常吟乐道歌"。金华山的洞天仙境，触发了诸多失意文人的归隐之心，让金华山成为历代文人墨客隐逸之绝佳去处。南朝著名学者刘孝标仕途不顺时隐逸于金华山九龙洞，留下"谁与金门士，抚心论胸臆"的诗句。其后南宋遗民方凤、谢翱、于石、陈樵等诗人，以及静心修学的金华北山四先生，也先后隐居于此，彰显了金华文人的气节风骨。

"明月双溪水，清风八咏楼"，从滴泉成河的婺江水到高耸入云的金华山，从细吟慢唱的风花雪月到铁板铜琶的家国情怀，钟灵毓秀的金华蕴涵了气象万千的诗词意象。这里诞生的诗词，饱含着诗人词家对这片土地的深厚感情。今天的金华更以豪迈的气势崛起浙中，用如椽彩笔续写悠久的历史、灿烂的文化。本书既是对两千多年精彩历史的回望，更是对美好未来的诚挚期盼。作为钱塘江诗路上的重要城市，金华必将焕发出更加璀璨的光芒。

本册编写组

2024 年 11 月

目　录

先　唐

殷仲文
　　送东阳太守……………………………………… 003

谢灵运
　　东阳溪中赠答二首……………………………… 005

沈　约
　　登玄畅楼………………………………………… 007
　　玄畅楼八咏……………………………………… 009
　　游金华山………………………………………… 010
　　泛永康江………………………………………… 011

刘　峻
　　始居山营室诗…………………………………… 013

萧子云
　　赠海法师游甀山………………………………… 016

唐五代

骆宾王
  咏　鹅 …………………………………………… 021
  望乡夕泛 ………………………………………… 023

崔　融
  登东阳沈隐侯八咏楼 …………………………… 025

孟浩然
  宿武阳川 ………………………………………… 028

崔　颢
  题沈隐侯八咏楼 ………………………………… 030

李　白
  见京兆韦参军量移东阳二首（其二）………… 032

钱　起
  早发东阳 ………………………………………… 035

皎　然
  赤松涧 …………………………………………… 037

刘长卿
  宿北山禅寺兰若 ………………………………… 039

严　维
  送人入金华 ……………………………………… 041

戴叔伦
送东阳顾明府罢归……043
兰溪棹歌……045

权德舆
自桐庐如兰溪有寄……046

于兴宗
东阳涵碧亭……048

方　干
送婺州许录事……050

贯　休
春末兰溪道中作……052

舒道纪
题赤松宫……054

韦　庄
东阳赠别……056
将卜兰芷村居留别郡中在仕……057

袁　吉
金华山……059

宋　元

胡　则
　　别方岩 …………………………………………… 063

赵　抃
　　游金华洞 ………………………………………… 067
　　绣川湖 …………………………………………… 069

王安石
　　东阳道中 ………………………………………… 070

苏　轼
　　东阳水乐亭 ……………………………………… 072

叶梦得
　　江城子　大雪与客登极目亭 …………………… 075

李　纲
　　兰溪访吴圣与不遇 ……………………………… 077

李清照
　　题八咏楼 ………………………………………… 079
　　武陵春 …………………………………………… 080

郑刚中
　　北山会饮 ………………………………………… 082

苏　简
　　次韵张正民游智者寺 …………………………… 084

苏籀
　　临双溪……………………………………………086

范浚
　　游兰溪灵洞…………………………………088

韩元吉
　　游鹿田寺……………………………………091
　　夜行船 再至东阳有歌予往岁重九词者………092

喻良能
　　次韵木蕴之状元义乌道中…………………094

曹冠
　　水调歌头 游三洞………………………………096

陆游
　　东阳道中……………………………………098
　　婺州州宅极目亭……………………………099

姜特立
　　八咏楼………………………………………101

王淮
　　白沙溪遣兴…………………………………103

杨万里
　　晓泊兰溪……………………………………105

唐仲友
　　石　洞……………………………………… 107
吕祖谦
　　明招杂诗四首（其一）……………………… 109
　　登八咏楼有感………………………………… 110
楼　钥
　　婺女极目亭…………………………………… 112
辛弃疾
　　鹧鸪天 东阳道中 ……………………………… 114
陈　亮
　　贺新郎 寄辛幼安和见怀韵 …………………… 116
　　青玉案………………………………………… 118
马之纯
　　沈约宅………………………………………… 120
叶　適
　　陈同甫抱膝斋二首（其一）………………… 122
　　蜂儿榧歌……………………………………… 124
刘　过
　　寓东阳（其二）……………………………… 126
乔行简
　　游三丘山……………………………………… 128

何　基
　　缴回太守赵庸斋照牒……………………………… 131

王　柏
　　重题八咏………………………………………… 133

金履祥
　　朝真洞…………………………………………… 135

方　凤
　　游仙华山………………………………………… 137

鲜于枢
　　念奴娇　八咏楼………………………………… 139

谢　翱
　　八咏楼…………………………………………… 141

赵孟頫
　　东阳八咏楼……………………………………… 143

袁　桷
　　忆双溪…………………………………………… 145

许　谦
　　游智者寺（其一）……………………………… 147

柳　贯
　　东岭秋阴………………………………………… 149

黄　溍
　　过乌伤墓…………………………………… 151
陈　樵
　　金华通天洞………………………………… 153
胡　助
　　赤松宫……………………………………… 155
吴师道
　　次韵黄晋卿清明游北山十首（其一）…… 158
吴　莱
　　仙华岩雪…………………………………… 160
萨都剌
　　兰溪舟中…………………………………… 163

明　清

宋　濂
　　还潜溪故居………………………………… 167
刘　基
　　自衢州至兰溪……………………………… 169
王　祎
　　春日绣湖上与德元同行二首（其一）…… 171

朱元璋
　　牧羊儿土鼓······173

方孝孺
　　郑义门······175

宋　约
　　九峰山······177

文　林
　　永　康······179

王守仁
　　题兰溪圣寿教寺壁······181

戚　雄
　　赤松山······183

陈元珂
　　讲堂洞······185

程正谊
　　五峰瀑布······187

张元忭
　　登吴宁台吊古二首（其一）······189

胡应麟
　　金华三洞······191

江伯容
　　兰阴山……………………………………… 193
张国维
　　赴义词三章（其一）……………………… 195
张　岱
　　浦江火肉…………………………………… 197
李　渔
　　朱梅溪宗侯谪婺州………………………… 199
查慎行
　　由兰溪县坐茭白船晚至金华……………… 201
徐俟召
　　熟水秋澄…………………………………… 203
阮　元
　　夜至永康县………………………………… 205
张作楠
　　烧石灰……………………………………… 207

参考文献………………………………………… 209
后　记…………………………………………… 214

浙江诗话

先唐

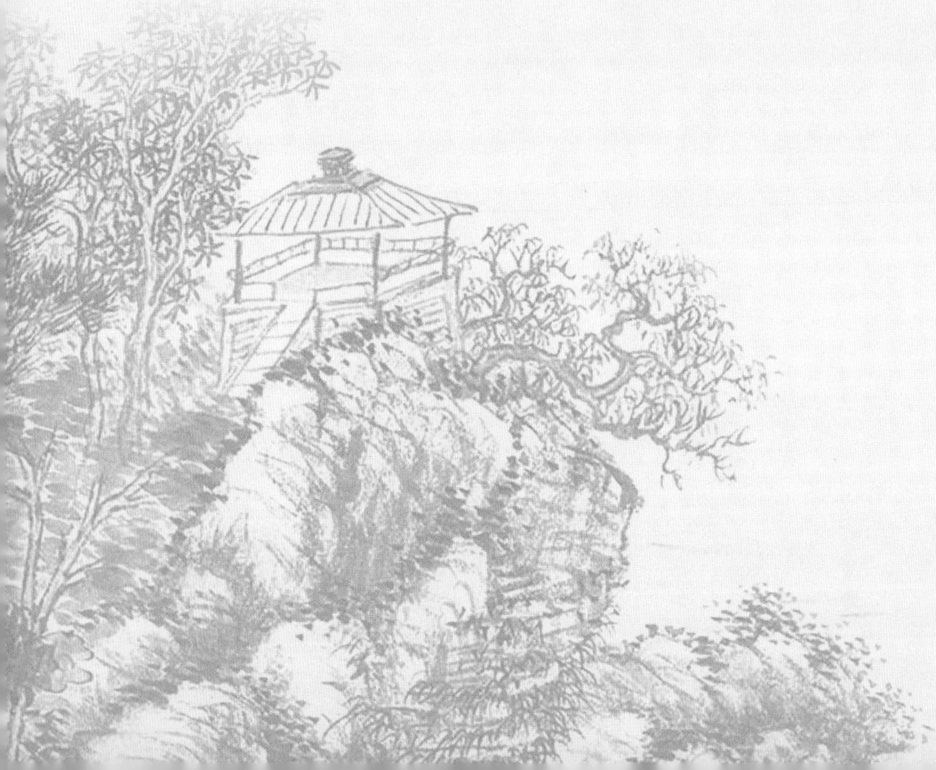

殷仲文

　　殷仲文（？—407），陈郡长平（今河南西华东北）人。历任骠骑参军、长史，是大司马桓温之婿。大亨二年（403），桓玄威逼晋安帝禅位，建立桓楚。殷仲文随后担任徐、兖二州刺史。桓玄称帝遭到东晋旧部抵制，刘裕率兵出击，桓玄兵败身亡，司马氏重掌朝廷，殷仲文即上表请罪，得到晋安帝谅解。义熙元年（405），殷仲文徙任东阳郡太守。义熙三年，因谋反罪而被刘裕处死。

送东阳太守[1]

昔人深诚叹，临水送将离。

如何祖良游，心事屡在斯。[2]

虚亭无留宾，东川缅逶迤。[3]

（《全汉三国晋南北朝诗·全晋诗》卷七）

注　释

[1] 东阳：三国东吴时期分会稽郡置东阳郡，郡治即在今浙江金华，以郡在瀫水（今衢江）之东、长山之阳而得名。南朝陈时，东阳郡改名为

金华郡，郡名金华自此始。隋朝大业年间又复置东阳郡，唐朝时改置婺州。至元朝至正年间，改婺州为金华府。明朝金华府下领八县，故有"八婺"之称。太守：古代官职，是州郡的最高行政长官。这里的东阳太守，当是殷仲文的前任范泰。范泰（355—428），字伯伦，东晋时为太学博士，博学多才，曾任东阳太守。　　[2]祖：原为出行时祭祀路神，后引申为饯行，古人将送行称为祖道、祖别。孱（chán）：软弱无能。　　[3]缅：遥远。逶迤：蜿蜒曲折。

赏　析

　　这是一首离别送行的古诗，是东晋末年新任东阳郡太守殷仲文在婺江之滨送别前任太守之作。古代由于交通条件有限，人们出行大多依赖水路，所以送行离别多在水岸码头。诗篇开头即说，临水送别之难，连古人也深为感叹。此时的殷仲文作为新任太守有感于送别朋友，再联系当时政治时局的波谲云诡，内心感到沉重和脆弱。当送行结束，客去亭空，诗人的心事也随东来之水蜿蜒地流向远方。殷仲文的这首诗充满古意，杳渺且曲折，这种落寞而悲凉的景色预示着他未来的政治命运，既反映了送别时的复杂情感，也表达了动荡时期内心的敏感不安和痛楚无奈。

谢灵运

　　谢灵运（385—433），小名客儿，常称"谢客"，十八岁袭封康乐县公，世称"谢康乐"。祖籍陈郡阳夏（今河南太康），生于会稽始宁（今浙江上虞）。谢灵运曾担任抚军将军刘毅记室参军，后为刘裕太尉参军。刘裕代晋自立，谢灵运出任散骑常侍、太子左卫率。永初三年（422）宋少帝即位，谢灵运受大臣排挤，出任永嘉太守。后被罢职，退隐始宁。元嘉十年（433），以"叛逆"之名被杀。谢灵运是中国山水诗鼻祖，其山水诗多作于其任永嘉太守前后。景平元年（423），谢灵运称疾辞官，经缙云返回始宁，途经东阳江时闻山歌而作《东阳溪中赠答二首》诗。

东阳溪中赠答二首 [1]

可怜谁家妇，缘流洗素足。[2]
明月在云间，迢迢不可得。[3]

可怜谁家郎，缘流乘素舸。[4]
但问情若为，月就云中堕。

（《玉台新咏笺注》卷一〇）

注 释

[1] 东阳溪：即东阳江，又名义乌江，发源于磐安龙乌尖，流经东阳、义乌，在金华市区与武义江汇合成金华江（婺江）。赠答：古人以诗文互赠酬答的一种形式。　　[2] 可怜：可爱。缘流：沿着江流。素足：白皙的脚。　　[3] 迢迢：遥远的样子。　　[4] 素舸（gě）：不加装饰的木船。

赏 析

　　本诗的创作，其灵感源于东阳江上的民歌。诗人弃官回乡，心中难免郁闷，然而听到江上一对青年男女互表爱慕之心的对歌，块垒顿消，遂写就这两首诗。诗的前一首是青年男子献给心爱姑娘的歌，他见到姑娘在江边濯洗玉足，就想起了云间的月亮，大胆表达了对姑娘可望而不可即的爱慕之情。诗的后一首是姑娘对青年男子的应答，当姑娘听到男子的歌声，看见了乘船男子的身影，表示只要你情真意切，我就会像云中的月亮一般落到你身边。这两首诗以东阳江的景色为背景，描写了古代金华的淳朴民风，特点鲜明，笔调清新，再现了南朝时期金华的风土人情，也反映了金华先民对爱情的大胆追求。后世许多金华籍诗人的诗作都具有浓郁的民歌元素，金华山歌更崛起为浙江民歌的三大流派之一。

沈　约

沈约（441—513），字休文，吴兴武康（今浙江德清）人。南朝宋时为奉朝请、安西外兵参军。齐时任征虏记室、太子家令、著作郎、国子祭酒。梁时授尚书仆射，封建昌县侯。卒谥隐，后人称其"沈隐侯"。沈约才学渊博，文史兼长，又精通音律，创"四声八病"之说，并用之于诗作，时号"永明体"，对律诗的形成与发展具有极大的影响。著有《宋书》《四声谱》《宋文章志》，后人辑有《沈隐侯集》。南朝齐隆昌元年（494），沈约出任东阳太守。兴建玄畅楼，并登楼赋诗，写下了脍炙人口的诗篇，尤其是他的《八咏诗》对唐代诗歌发展起到一定的促进作用。

登玄畅楼[1]

危峰带北阜，高顶出南岑。[2]

中有陵风榭，回望川之阴。[3]

岸险每增减，湍平互浅深。

水流本三派，台高乃四临。[4]

上有离群客，客有慕归心。[5]

落晖映长浦，焕景烛中浔。[6]

云生岭乍黑，日下溪半阴。

信美非吾土，何事不抽簪。[7]

（《先秦汉魏晋南北朝诗·梁诗》卷六）

注　释

[1] 玄畅楼：著名的古代城楼，在金华古城之上，亦称八咏楼，号称两浙第一楼。南朝齐隆昌元年由太守沈约始建，坐北朝南，面临婺江，楼高数丈，是历代文人题诗作赋的绝佳场所。　[2] 北阜：北面的山，即金华山，俗称北山。南岑：南面的山，即仙霞岭在金华境内的余脉，俗称南山。　[3] 陵风榭：四面耸立的临江建筑物。川之阴：江河的南岸，这里指东阳江南岸。　[4] 三派：三条江，这里指东阳江、武义江和金华江。　[5] 离群客：客居外地，离开亲朋的人。　[6] 烛：本义为火炬，引申为照亮。浔：河流边缘的陆地。　[7] "信美"句：语出汉末王粲《登楼赋》："虽信美而非吾土兮，曾何足以少留。"抽簪：指代弃官隐退。

赏　析

这是沈约建成玄畅楼后登楼抒怀的一首诗。沈约在玄畅楼上环顾四周，登楼所见的景色在诗中徐徐展开。北边许多山岗被高耸入云的高峰引领，最高的山峰则出现在南面的山峦中。郡府城墙上有高耸的楼台，可俯瞰大川之南，三江汇聚，四面临风，更有四时变换的美景，长河落日，高岭半阴，使人流连忘返。沈约通过描绘和赞叹玄畅楼四周的秀美景色，抒发出远离亲友的失落和惆怅，也流露出辞官引退的心意。

玄畅楼八咏

登台望秋月，会圃临春风。[1]

岁暮愍衰草，霜来悲落桐。[2]

夕行闻夜鹤，晨征听晓鸿。[3]

解佩去朝市，被褐守山东。[4]

（《先秦汉魏晋南北朝诗·梁诗》卷七）

注 释

[1] 台：高台，这里指八咏楼。会圃：在花圃里聚会。　[2] 愍：悯，怜悯。　[3] 晓鸿：拂晓远飞的鸿雁。　[4] 被：同"披"，穿着。褐：粗布短衣，谓生活贫困，暗指不慕名利、安于贫贱的隐士。山东：这里指金华山以东的东阳郡。

赏 析

　　沈约出任东阳太守，登临玄畅楼创作《八咏诗》，此八句诗原为《八咏诗》的八首诗题。明代杨慎将此八首诗的题目，合作一首，称作五律鼻祖（《升庵外集》卷六九）。据有关史料记载，沈约写了以上八句诗后觉得意犹未尽，于是又以诗中的每句为题，一气呵成创作了八首、共计一千八百多字的超长组诗。此诗表达了沈约在任东阳郡太守期间所处境遇和个人志向，描述了在东阳郡任职期间的四季活动，并以"夜鹤"和"晓鸿"自喻，表达其虽有政治抱负，却只能暂避东阳郡的无奈。沈约所作《八咏诗》是当时南朝文坛的长篇杰作，也为中国诗坛树立了光辉的典范，后人也因此将玄畅楼改名为八咏楼。

游金华山[1]

远策追夙心，灵山协久要。[2]

天倪临紫阙，地道通丹窍。[3]

未乘琴高鲤，且纵严陵钓。[4]

若蒙羽驾迎，得奉金书召。[5]

高驰入阊阖，方睹灵妃笑。[6]

（《先秦汉魏晋南北朝诗·梁诗》卷六）

注 释

[1] 金华山：在金华古城之北十五里，相传古代有赤松子在此得道成仙，历代吟咏不绝。　　[2] 远策：策马远行。夙心：夙愿，平素的心

愿。灵山：对金华山的美称。久要：旧交，这里指高僧慧约，智者寺开山祖师，沈约任东阳太守时与之有交往。　　[3] 天倪：天际。紫阙：神仙宫殿。地道：地下水脉。丹窍：神仙会聚的洞穴。　　[4] 琴高鲤：琴高乘驾鲤鱼。《抱朴子·对俗》载，琴高乘朱鲤于深渊。严陵钓：严子陵钓鱼。《后汉书·严光传》载，严光披羊裘垂钓泽中。　　[5] 羽驾：仙人的座驾。　　[6] 阊阖：天门。灵妃：仙女。

赏　析

　　这是沈约与慧约共游金华山之后所作的一首诗。慧约是金华义乌人，沈约在朝为官时他在南京草堂寺中修行，沈约任东阳郡太守时他一路同行并在金华山结庵修行，第二年与沈约一起回南京。南朝梁天监十一年（512），梁武帝对慧约执弟子礼，并赐号"智者国师"。诗的首句，诗人就表达自己为实现夙愿，不惜长途跋涉与慧约相会于金华山，并对金华山的神山仙水做了梦幻式的描述。对于自己的处境，沈约则以琴高乘鲤和严子陵垂钓的典故，表明自己欲从仙人游、退隐林下的心愿。

泛永康江[1]

长枝萌紫叶，清源泛绿苔。
山光浮水至，春色犯寒来。[2]
临睨信永矣，望美暖悠哉。[3]

寄言幽闺妾，罗袖勿空裁。[4]

(《先秦汉魏晋南北朝诗·梁诗》卷七)

注　释

[1]永康江：发源于武义县千丈岩，流经缙云、永康、武义，在金华古城以南与东阳江汇合成金华江。　[2]犯寒：冒着寒冷。　[3]临睨：俯瞰。暧：日光昏暗，模糊。　[4]幽闺：深闺，指女子卧室。罗袖：丝绸衣袖，指精美衣物。

赏　析

　　这是沈约在太守任上，公事之余泛游永康江后所作之诗。诗的前半部分，沈约以细致的笔调写出了永康江上早春的景象，嫩叶萌发，江岸泛绿，山色倒影，春意盎然。尤其是"山光浮水至，春色犯寒来"句，遣词精细，琢句灵动，尽显诗人造语之功力。诗的后半部分，总结性地写出了在江上寻景掠美的感受，江水长流，景色朦胧，于是想到了远方家中的妻子，希望她能像自己一样，走出家门，感受春光。沈约的这首诗构思灵巧，诗意深远，即景抒情，进而由景怀人，层层递进，浑然一体。

刘 峻

刘峻（462—521），字孝标，平原（今山东平原）人。刘峻生于兵乱，幼年丧父，曾被掠入北魏，齐永明中南归。梁武帝时历任典校秘书、荆州户曹参军，因病去职。为梁武帝所嫌，不受任用，后隐居东阳，设帐授徒。卒后，门人谥曰"玄靖先生"。刘峻以注《世说新语》闻名。明张溥辑其作品成《刘户曹集》。刘峻归隐之地正是金华山的九龙洞。在这里，他写下了《东阳金华山栖志》，即《山栖志》。

始居山营室诗

自昔厌喧嚣，执志好栖息。[1]

啸歌弃城市，归来事耕织。[2]

凿户窥嶕峣，开轩望崭崱。[3]

激水檐前溜，修竹堂阴植。

香风鸣紫莺，高梧巢绿翼。

泉脉洞杳杳，流波下不极。[4]

仿佛玉山隈，响像瑶池侧。[5]

夜诵神仙记，旦吸云霞色。[6]

将驭六龙舆，行从三鸟食。[7]

谁与金门士，抚心论胸臆！[8]

（《刘孝标集校注·诗》）

注　释

[1] 执志：坚持己志，不改操守。　　[2] 啸歌：吟啸放歌。　　[3] 嶕峣（jiāo yáo）：峻峭的高山。轩：窗户。崭崱（zè）：山高大险峻的样子。　　[4] 泉脉：地下泉水的脉络。杳杳：昏暗幽远的样子。按，原作"沓沓"，《艺文类聚》中作"杳杳"，据改。　　[5] 玉山：传说中神仙所居的仙山。《山海经》："玉山，是西王母所居也。"隈：弯曲的地方。　　[6] 神仙记：即东晋葛洪所著《神仙传》。　　[7] 六龙舆：神仙所乘六条飞龙拉的车。三鸟：神话传说中的三青鸟，为西王母取食传信。《山海经》："其南有三青鸟，为西王母取食。"　　[8] 金门：金马门，汉代宫门名，后指学士待诏之处。

赏　析

　　这是刘孝标于天监八年（509）辞官归隐金华山后，为表明心迹所写的一首诗。诗的首句就开宗明义，直抒胸臆，其中"厌"和"好"两个字，凸显了诗人归隐山林的强烈愿望。其后，诗人以细腻的笔调，一一叙说在金华山归隐时常见的景象，高山流水，修竹鸣莺，这正是诗人一生孜孜以求的神仙境地。诗的后半部分，用玉山、青鸟、六龙舆等意象，表现了诗人欲超然物外、从神仙游的意愿。结句又从仙境拉回现实，欲与饱学高士共抒胸臆，反映出诗人郁郁不得志的苦闷之情。

宋　夏珪　山居留客图（局部）

萧子云

萧子云(约487—549),字景乔,南兰陵(今江苏常州西北)人。齐高帝萧道成之孙,南朝梁史学家、书法家、文学家。历官秘书郎、员外散骑常侍、国子祭酒等。太清三年(549),侯景之乱爆发,宫城失守,萧子云东奔晋陵(今江苏常州),饿死于显灵寺僧舍中。萧子云从小勤奋学习,文采过人,二十多岁开始撰写《晋书》,洋洋百卷,进呈梁武帝,甚得赞许,遂留作秘书郎。善书法,师承钟繇、王羲之,笔力劲骏,意趣飘然,其书法作品令外国使者慕名求之。梁武帝大同七年(541),萧子云以仁威将军身份出任东阳郡太守。

赠海法师游甑山 [1]

真心好丘壑,偏悦幽栖人。[2]

忽闻甑山旅,万里自相亲。

沉寥晚霖霁,重叠晴云新。[3]

秋至蝉鸣柳,风高露起尘。

动余忆山思,惆怅惜荷巾。[4]

(《全汉三国晋南北朝诗·全梁诗》卷一〇)

注 释

[1]甑山：又名西甑山，在今东阳西南，因山顶孤石似甑，故名甑山。　[2]丘壑：山和溪谷。泛指山水幽深美丽的地方。亦指代隐居，或比喻深远意境。幽栖人：隐居避俗之人。　[3]沉(xuè)寥：清朗空旷的样子，指晴朗的天空。霁：雨雪停止，天气转晴。　[4]山思：隐居山林的情思。荷巾：束发的头巾。

赏 析

　　这是萧子云在东阳郡任太守期间，游历甑山并赠予僧人海法师的一首诗。首句表明诗人爱好山林美景，恰好遇到了隐居世外的高僧海法师。诗人来到甑山跨越了千山万水，对此处山林美景感到十分亲切。接着描述当日的景色，雨霁天晴，秋蝉鸣柳，自是风景宜人。此景激起了诗人对山中静谧生活的沉思与遐想，因自身常常身陷公务，冗事缠身而感到惆怅和无奈。萧子云虽然有这样的感悟，可惜没有果断的行动。萧子云在离任东阳郡太守之后，正值侯景之乱，奔走晋陵郡，最终饿死于显灵寺中。丘壑之思，终成泡影。

元　朱叔重　秋山叠翠图（局部）

浙江诗话

唐五代

骆宾王

骆宾王（约640—？），字观光，婺州义乌（今浙江义乌）人。与王勃、杨炯、卢照邻并称"初唐四杰"。骆宾王七岁咏鹅，有神童之誉。唐高宗显庆年间，为道王李元庆府属，后历武功、长安两县主簿。调露二年（680），出任临海县丞，故世称骆临海。光宅元年（684），从徐敬业举事，在扬州起兵反对武则天，兵败后，亡命不知所终。有《骆宾王文集》传世，《全唐诗》收其诗三卷。

咏 鹅

鹅，鹅，鹅，曲项向天歌。

白毛浮绿水，红掌拨清波。

（《骆临海集笺注》卷三）

赏 析

传说这是骆宾王七岁时在家乡义乌所作，经千百年来的流传，已为世人所熟知。诗人以形象逼真的手法，用最简单的文字、最形象化的语言进行描述，兼以声色的配合，动静的结合，勾勒出一幅极富童趣、清新亮丽的画面。且诗人以工整的对仗诗句描绘

出池鹅的神采，其遣词造句之功实属难得。

宋　赵佶（传）　红蓼白鹅图（局部）

望乡夕泛

归怀剩不安，促榜犯风澜。[1]

落宿含楼近，浮月带江寒。[2]

喜逐行前至，忧从望里宽。

今夜南枝鹊，应无绕树难。[3]

（《骆临海集笺注》卷二）

注　释

[1] 归怀：归乡的心情。榜：船桨。风澜：风浪。　[2] 落宿：渐趋隐没的明星。浮月：浮在水面的月影。　[3] "今夜"二句：化用汉末曹操《短歌行》"月明星稀，乌鹊南飞。绕树三匝，何枝可依"之句，意为家乡渐近，旅程即将结束，终于有了安栖之所。

赏　析

　　自古以来，思乡寄情是古典诗词中最为常见的主题之一。贞观年间，骆宾王首次赴长安应试，未能及第。次年返回故乡，此诗即为诗人近乡舟中所作。诗的首联就写出了家乡渐近的心境，虽是归乡心切，却又念着应试落第的落魄之身，心中难免忧喜交集，情感复杂，于是有了不安的心情。诗人接着在颔联交代了这次归途的环境，星稀月明，树影寒波，以此衬托诗人内心的孤寂。

然而，回乡的喜悦盖过之前诸多的愁闷，因此诗人在最后化用曹操的诗句，进一步抒发了心中的宽慰之情，游子万里归来，今夜终可安心憩息。此诗对归乡的情感描写一直影响到后世，同时代稍晚的宋之问有诗句"近乡情更怯，不敢问来人"，或即受到此诗的影响。

明　仇英　秋江待渡图（局部）

崔　融

　　崔融（653—706），字安成，齐州全节（今山东济南）人。唐高宗上元三年（676）进士及第，初任崇文馆学士，后任太子李显侍读，兼侍属文，东宫表疏多出其手。工诗文，与李峤、苏味道、杜审言并称初唐"文章四友"。四人都擅长写诗，诗风各有不同，然而他们都积极推动五言律诗的形成，从而成为唐代近体诗的奠基人。久视元年（700），崔融惹怒宠臣张昌宗，被贬为婺州长史。著有《新定诗体》一卷，对律诗格律奠定起了重要作用。

登东阳沈隐侯八咏楼 [1]

旦登西北楼，楼峻石墉厚。[2]

宛生长定□，俯压三江口。[3]

排阶衔鸟衡，交疏过牛斗。[4]

左右会稽镇，出入具区薮。[5]

越岩森其前，浙江漫其后。[6]

此地实东阳，由来山水乡。

隐侯有遗咏，落简尚余芳。[7]

具物昔未改，斯人今已亡。

粤余忝藩左，束发事文场。[8]

怅不见夫子，神期遥相望。[9]

（《唐五代诗全编》卷六五）

注　释

[1]隐侯：指沈约。沈约曾任东阳郡太守，谥号隐。　[2]石墉：石块筑砌的城墙。　[3]长定□：一作"长定间"。三江口：金华江与东阳江、武义江交汇的江口。　[4]鸟衡：柳星，朱鸟七宿的第三宿。牛斗：指牛宿和斗宿。　[5]薮：人或物集聚的地方。　[6]森：罗列，耸立。浙江：即今钱塘江。漫：漫溢，淹没。　[7]落简：遗存的简编和书籍，指代沈约在金华所作诗文。　[8]藩左：本指分封属国，引申为地方任官。文场：意为诗文写作领域。　[9]夫子：指沈约。

赏　析

　　这是崔融被贬为婺州长史之后，登上八咏楼所作之诗。从诗的内容来看，崔融对沈约和八咏楼素有崇敬之心。开篇从清晨登楼落笔，直接写到了目力所及的实景，城楼险峻，城墙厚实，然后远眺四周，漂浮不散的雾气，脚下烟波浩渺的三江口，危岩峙列，浙水滔滔。于是联想到倡建玄畅楼的沈约太守和他的《八咏诗》，对沈约遗篇表达了高度的赞美。转而谈到了自己，愧为朝廷地方主政官，年少即学习诗文创作，却不能面见所崇敬的前辈诗人兼地方长官沈约，只能临风神往。综观全诗，诗人登楼的真正目的，不在于观景，而在于寻求精神寄托，追古思今，表达了希望能与沈约成为隔世知己的愿望。

明　项圣谟　剪越江秋图（局部）

孟浩然

  孟浩然（689—740），字浩然，以字行，襄州襄阳（今湖北襄阳）人。早年隐居鹿门山，开元间游长安，应进士不第，后隐居襄阳，患疽卒。孟浩然诗作与王维齐名，并称"王孟"，诗风冲淡自然。有《孟浩然集》。孟浩然曾漫游吴越，开元十八年（730）从临安出发经桐庐、建德到金华，游历金华山，并舟行武义江。

宿武阳川[1]

川暗夕阳尽，孤舟泊岸初。

岭猿相叫啸，潭嶂似空虚。

就枕灭明烛，扣船闻夜渔。[2]

鸡鸣问何处，人物是秦余。[3]

（《孟浩然诗集校注》卷三）

注 释

[1] 原诗题作"宿武陵即事"，宋本诗题作"宿武阳川"，今从宋本。武阳川：武义县熟溪的旧名，清代以"有水则岁熟"改名熟溪。　[2] 扣船：渔人捕鱼时，敲击船舷以驱赶鱼群。　[3] 秦余：

秦代的遗存。此处借用晋陶渊明《桃花源记》中所写秦时人避难桃花源中的故事，比喻当地民风淳朴，似秦汉时代的遗存。

赏　析

　　这是孟浩然赞美金华风土人情的一首诗。孟浩然游罢金华山之后乘舟溯武义江而上，尽情地游玩，夜宿武阳川之畔。诗的首联，夕阳远去，江流渐暗，诗人所乘小船停靠岸边。夜幕浓重，景色变幻，诗人通过岭猿和水潭的意象描写，道出了山间的空旷与清虚。然而就在诗人着枕灭灯准备安睡之时，却传来了渔夫捕鱼的阵阵击船声。鸡鸣欲晓时分，诗人不禁想问这里是哪里。诗人如同陶渊明《桃花源记》中误入桃花源的渔夫，见到了秦时的遗民，感觉此地风景别样，民风淳朴，似是秦汉遗存。诗人高度赞美武阳川两岸风光的美丽和劳动人民的淳朴，令人心驰神往。

崔颢

崔颢（？—754），汴州（今河南开封）人。唐开元十一年（723）进士。后任监察御史、太仆寺丞等，官至司勋员外郎。崔颢曾南游吴越、武昌等地，足迹甚广，在浙江一带留下诸多名篇。曾慕名来到金华，登上八咏楼，留有诗作。

题沈隐侯八咏楼

梁日东阳守，为楼望越中。[1]

绿窗明月在，青史古人空。[2]

江静闻山狖，川长数塞鸿。[3]

登临白云晚，留恨此遗风。

（《唐五代诗全编》卷一五六）

注释

[1] 梁日：南朝梁的时候。实际上沈约任东阳郡太守是在南朝齐隆昌元年（494），应是诗人误记。　[2] 青史：古人以竹简记史，而新制竹简为青色，故名。　[3] 山狖（yòu）：山间猿猴。塞鸿：塞外飞鸿。

赏　析

　　这是崔颢登上八咏楼之后写下的一首佳作。描写了诗人在傍晚时分慕名登上金华八咏楼,展开了数百年的回望,以及登楼所见所想,最后表达了未能见到前代先贤的遗憾。崔颢的这首诗在时空跨度上有着跳跃性,于今思古,就近望远,既写八咏楼的沧桑历史,又写东阳郡的秀美风光,对仗工整,用词凝练精准,寓怀古于幽情,寄追思而流恨,情辞并茂,哲思深邃。

唐　李思训(传)　江帆楼阁图(局部)

李 白

李白（701—762），字太白，号青莲居士，祖籍陇西成纪（今甘肃天水附近），出生于中亚碎叶城。五岁随父迁居绵州昌隆县（今四川江油）。唐天宝元年（742）被玄宗召入长安为翰林供奉，因称"李翰林"。在长安，贺知章一见李白，叹为"谪仙人"，故后人称其为"诗仙"。安史乱起，因参加李璘的幕府，被牵累而长流夜郎，途中遇赦。晚年漂泊东南一带，病卒于当涂（今安徽当涂）。有《李太白全集》。李白曾三次漫游浙东，其间游历金华，寻仙访友，并留下诗篇。

见京兆韦参军量移东阳二首（其二）[1]

闻说金华渡，东连五百滩。[2]

全胜若耶好，莫道此行难。[3]

猿啸千溪合，松风五月寒。

他年一携手，摇艇入新安。[4]

（《李太白全集》卷九）

注 释

[1] 韦参军：即韦履淳，长安（今陕西西安）城南人，天宝初年与李白同朝共事，性志相洽，引为知己，后因先后得罪权臣李林甫和杨国忠，被流放岭南朱崖（今海南琼山），天宝末以遇恩改为婺州法曹参军。量移：指官员被贬谪远方后，遇恩赦迁距京城较近的地区。　[2] 金华渡：在婺江北岸。五百滩：在婺州古城西南的婺江之中，今已成为金华城区中心，辟为公园。清顾祖禹《读史方舆纪要》卷九三有记："五百滩，盘亘甚大，舟行牵挽，须五百人，然后可渡，故名。"　[3] 若耶：即今诸暨市若耶溪，相传西施浣纱于此，故又名浣纱溪。　[4] 新安：即新安江，发源于安徽，自歙县入淳安，再入建德，与兰江汇合成富春江。

赏 析

李白的这首诗是为宽慰被谪贬的朋友韦履淳而作。诗人在开篇就描写了金华江的壮美景色，又以若耶溪作对比，然后用猿啸和松风等实景进一步赞美金华的秀丽山水。诗的最后，诗人给了朋友一个美好的期许，将来携手游遍浙西山水。意在安慰朋友在金华安心留驻，并期待他年相游山水名胜，给朋友以莫大鼓励。

黄宾虹　李白诗意图

钱 起

钱起(约714—约782),字仲文,吴兴(今浙江湖州)人。天宝十载(751)进士,授秘书省校书郎,后任蓝田县尉,官至考功郎中,世称钱考功。有《钱考功集》。与郎士元并称"钱郎",被誉为"大历十才子之冠"。钱起喜游历,爱交友。曾与戴叔伦、郎士元等一同出游江西玉山一带,顺道看望了量移婺州的韦履淳。

早发东阳

信风催过客,早发梅花桥。[1]
数雁起前渚,千艘争便潮。
将随浮云去,日惜故山遥。
惆怅烟波末,佳期在碧霄。[2]

(《钱起集校注》卷五)

注 释

[1]信风:如期而至的风。梅花桥:在金华古城赤松门下,因赤松门俗称梅花门,故其桥亦以梅花名,今名宏济桥。　[2]碧霄:云霄。

赏　析

　　这是钱起离开金华时写的一首诗。信风催促诗人乘舟归乡，清晨从梅花桥头出发。乘舟时所见的景象也是相当壮观的，数只大雁从沙洲腾空而起，千百艘船在江面上奋勇争先。诗人归心似箭，恨不能乘云而行，但故乡是那么遥远。归途漫长让人惆怅，美好的聚会远在天边，令人向往。这首诗表达了诗人对故乡、对美好生活的期盼。

宋　马远　秋雁孤舟图

皎 然

皎然（约720—约805），俗姓谢，法名清昼，吴兴长城（今浙江长兴）人。早年勤学，出入经史百家，中年慕神仙，后皈依佛教。从杭州灵隐寺僧守直受戒，复居湖州杼山妙喜寺。与清江并称"会稽二清"。有《杼山集》。曾游历金华。

赤松涧[1]

缘岸蒙笼出见天，晴沙沥沥水溅溅。[2]
何处羽人长洗药，残花无数逐流泉。[3]

（《昼上人集》卷六）

注 释

[1]赤松涧：在今金华山赤松黄大仙旅游风景区东面。　[2]晴沙：阳光照耀下的沙滩。　[3]羽人：指隐逸修道之士。

赏 析

赤松涧是金华山赤松宫附近的一处山涧，奇峰并峙，怪石横生，流水潺湲，花草遍地。皎然来到这里，因两侧青山高耸，只能看见朦胧中的云天，而溪水清澈，白沙沥沥，流水飞溅。溪流上漂来许多花瓣，不知道是哪位隐逸修道之人在上游漂洗仙药，而洗落下这许多灵花异卉。全诗前两句描绘了眼前所见山谷、溪水等景物，仿佛置身世外仙境。后两句别出心裁，见溪水送落花，疑为有隐居修道之人在上游淘洗仙药，更渲染了浓厚的仙境氛围，使人浮想联翩。

宋　佚名　松涧山禽图

刘长卿

　　刘长卿（约726—约790），字文房，河间（今河北献县）人，一说宣州（今安徽宣城）人。玄宗时进士及第，官至随州刺史，世称"刘随州"。有《刘随州集》。刘长卿曾被贬任睦州司马。其间曾与友人同游金华山。

宿北山禅寺兰若[1]

上方鸣夕磬，林下一僧还。[2]
密行传人少，禅心对虎闲。[3]
青松临古路，白月满寒山。
旧识窗前桂，经霜更待攀。

（《刘长卿集编年校注·编年诗》）

注　释

[1] 兰若：佛教寺庙，即梵语"阿兰若"的省称。　[2] 上方：寺僧居住的内室，亦指寺庙。夕磬：傍晚的磬声。　[3] 密行：佛教语，指僧人密持戒行。禅心：佛教语，谓僧人常处于寂定状态的心境。

赏　析

　　这是刘长卿入金华山游览,借宿于山中僧寺所作的诗。诗人到达山寺时应是黄昏时分,首句便描绘了当时所见所闻,随着傍晚寺庙钟磬声的鸣响,看到了树林中僧人闻声返还的身影。诗的颔联描写僧人修行颇深,深山僻远,僧人独自持戒修行,无甚弟子,然修持有成,常在寂定的境界中,即使遇到山林虎狼猛兽亦能等闲视之。诗的颈联概括地描述了山寺周边的景色,苍茫而萧瑟,为抒发情感做铺垫。尾联以桂树自喻,以风霜暗喻诗人经历的磨难,"更待攀"则表明了诗人不畏艰险、知难而上的意志。

宋　　佚名　僧院访友图

严 维

严维（？—780），字正文，越州山阴（今浙江绍兴）人。初隐居桐庐，与诗人刘长卿友善。唐玄宗天宝中，曾赴京应试，不第。肃宗至德二载（757）进士及第，又擢辞藻宏丽科。以家贫亲老，不能远离，授诸暨县尉，官终秘书郎。工诗，与当时诗人岑参、刘长卿、皇甫冉等交游唱和，其诗情雅重，有魏晋之风。严维心恋家山，无意仕进，曾客居金华。

送人入金华

明月双溪水，清风八咏楼。[1]

昔年为客处，今日送君游。[2]

（《唐五代诗全编》卷三四六）

注 释

[1]双溪：在金华古城南，东阳江与武义江交汇处。　[2]为客处：指诗人曾客居金华。

赏 析

　　严维的这首诗是为即将前往金华的朋友而写。从这首诗来看，诗人在作这首诗之前是来过金华的，因为诗中的第三句"昔年为客处"，可知他曾在金华住过一段时间，而且对金华还怀有浓烈的留恋之情，对金华的山水名胜十分熟悉，特意向友人推荐了金华代表性的景观——双溪水和八咏楼。明月泻银下的双溪水是何等的美丽，清风送爽中的八咏楼又是何等的快意。诗人对金华山水名胜的怀念，盖过了送友远行的依依惜别之情，表达了对友人赴金华的美好憧憬和祝愿。这首诗堪称宣传金华最好的广告诗，对金华文化产生了深远的影响。

清　吕焕章　金华府城图

戴叔伦

戴叔伦（732—789），字幼公，润州金坛（今常州市金坛区）人。少有才名，博闻强记，聪慧过人，曾拜知名学者萧颖士为师。唐大历元年（766），得到户部尚书刘晏赏识，在其幕下任职，官终容管经略使。建中元年（780），戴叔伦赴任东阳县令。

送东阳顾明府罢归[1]

祖帐临鲛室，黎人拥鹢舟。[2]

坐蓝高士去，继组鄙夫留。[3]

白日落寒水，青枫绕曲洲。

相看作离别，一倍不禁愁。

（《戴叔伦诗集校注》卷一）

注　释

[1]明府：对县令的尊称。罢归：指辞职或免官归里。　[2]祖帐：古代送人远行，在郊外路旁为饯别而设的帷帐。鲛室：谓鲛人的水中居室，此指河滨。黎人：黎民百姓。鹢舟：船头画有鹢鸟图像的船，亦泛指船。　[3]蓝：即古代简易坐轿。蓝，通"篮"。组：绶带，代指官印、官职。鄙夫：自称的谦辞，指诗人自己。

赏　析

　　这是戴叔伦在东阳江畔为前任县令设宴送行所作的一首诗。从题目来看，前任县令并非升迁，而是罢归。说起罢归，想必总有一些无奈。而此时的戴叔伦年届五十，虽然满腹经纶，也只不过是县令，于是相同的伤感之情油然而生。席上，诗人客气而谦虚，愿高士坐轿而去，而粗鄙的自己只能奉命继任县令。此时，日落寒水，树绕曲洲，触目生情，顿觉悲凉。二人在岸边惜别，相顾无言，倍感愁绪。戴叔伦写这首诗的同时，还写有一首《临流送顾东阳》诗，其中有"兰桡起唱逐流去"之句，反映了诗人向往自由的真实内心。

元　佚名　寒江待渡图

兰溪棹歌[1]

凉月如眉挂柳湾,越中山色镜中看。

兰溪三日桃花雨,半夜鲤鱼来上滩。[2]

(《戴叔伦诗集校注》卷四)

注　释

[1]兰溪:也称兰江,在今兰溪市,由婺江和衢江汇合而成,在建德梅城汇入新安江。棹(zhào)歌:船家摇橹时唱的歌。　[2]桃花雨:江南桃花盛开时节的春雨。

赏　析

　　这是在金华广为流传的一首诗歌。该诗吸收了民歌元素,反映了江南水乡的独特的人文风韵。这首《兰溪棹歌》一直被认为是唐代戴叔伦在赴东阳上任途经兰溪时留下的名篇,但也有人认为是明代汪广洋的作品,然而这种争议并不影响对此优秀诗作的欣赏。此诗前两句以新月、柳树、山色和水面,着力勾勒出一幅宁静的春江月夜图。随着春雨的飘落,江面的上涨,原本静谧的画面开始浮动,以至于江中的鲤鱼跃出水面冲上江滩。这写首诗清新灵动,朴实无华,既描绘了兰溪的山水之美,又刻画了渔家的欢乐之情,更体现了棹歌朗朗上口的独特气韵。

权德舆

权德舆(759—818),字载之,原籍天水略阳(今甘肃秦安),后徙润州丹阳(今江苏丹阳)。唐宪宗元和五年(810)任宰相,直言敢谏,宽和待下。有《权载之文集》。贞元二年(786),权德舆出任江西观察使李兼的判官,在赴任途中舟过兰溪。

自桐庐如兰溪有寄

东南江路旧知名,惆怅春深又独行。
新妇山头云半敛,女儿滩上月初明。[1]
风前荡飏双飞蝶,花里间关百啭莺。[2]
满目归心何处说,欹眠搔首不胜情。[3]

(《权德舆诗文集》卷一〇)

注 释

[1]新妇山:桐庐境内的西武山,相传古代有新妇,其夫从征不返,遂投水而殁,葬于此地,得名新妇山,后讹为西武山。女儿滩:即今兰溪女埠的女儿滩。　[2]荡飏:飘扬、飘荡之意。间关:形容婉转的鸟鸣声。　[3]欹(qī)眠:斜靠而睡。

赏 析

　　这首诗是权德舆去江西赴任途经兰溪，因被兰江江面上的景色所动而写。诗人用对比的手法起笔，先突出由富春江至兰江这条水路的盛名，而这样繁华的水路，却只有诗人惆怅独行，反映了诗人当时愁郁的心境。然而，兰江上的点点景色使人舒心悦目，那残云半掩的新妇山，那明月初照的女儿滩，更有随风起舞的粉蝶和婉转低鸣的夜莺。于是诗人块垒顿消，很想把心中的快意告诉他人，但又不知何从说起。这首诗从愁郁到欢快，又从欢快转为纠结，可谓一波三折，欲扬先抑，妙趣横生。

明　项圣谟　剪越江秋图（局部）

于兴宗

　　于兴宗，生卒年不详，京兆高陵（今陕西高陵）人，一说洛阳（今河南洛阳）人。唐敬宗宝历二年（826）任东阳县令。宣宗大中七年（853）前后，以御史中丞守绵州（今四川绵阳），后转洋州刺史，累官至河南少尹。在东阳期间，游南午岭觅得胜景，遂凿池建寺修亭。

东阳涵碧亭[1]

高低竹杂松，积翠复留风。

路剧阴溪里，寒生暑气中。[2]

（《全唐诗》卷五六四）

注　释

[1]涵碧亭：位于今东阳市西岘峰东北麓，唐大和元年（827）由县令于兴宗建，宋元祐年间于旧址建清虚堂，后改为双鱼寺。
[2]剧：险要。

赏 析

这是东阳县令于兴宗建涵碧亭后即兴而写的一首五绝,以松竹错综交杂的画面勾勒出一幅积翠藏风的山色图。陡峭的山路与蜿蜒的溪流交替延伸,炎热的夏天能在此避暑纳凉,实在是难得的游览佳处。

于兴宗建亭题诗后,告知了好友刘禹锡。刘禹锡当时奉调回洛阳,结束了外贬生涯,接到于兴宗寄来的涵碧亭图样并嘱托题诗的请求,很快就作了《答东阳于令涵碧图诗》,其诗云:"东阳本是佳山水,何况曾经沈隐侯。化得邦人解吟咏,如今县令亦风流。新开潭洞疑仙境,远写丹青到雍州。落在寻常画师手,犹能三伏凛生秋。"刘禹锡不愧是诗坛豪杰,仅凭于兴宗的一幅绘画和一封书信,就将涵碧亭的韵致出神入化地描写了出来。刘禹锡的这首诗不仅是对涵碧亭的称赞,更是对东阳郡山水景色和人文底蕴的赞美。

方 干

　　方干（809—约886），字雄飞，睦州清溪（今浙江淳安）人。进士方肃之子，有清才。唐文宗大和年间，曾干谒杭州刺史姚合。一生科举失意，后隐居会稽（今浙江绍兴），萧然山水间，以诗自娱。卒后门人私谥为"玄英先生"，有《玄英先生集》。唐宝历年间，方干参加科举，落榜而归，于是无意功名，寄情山水，遍游金华各地。

送婺州许录事[1]

之官便是还乡路，白日堂堂著锦衣。[2]
八咏遗风资逸兴，二溪寒色助清威。[3]
曙星没尽提纲去，暝角吹残锁印归。[4]
笑我中年更愚僻，醉醒多在钓渔矶。[5]

（《唐五代诗全编》卷七四三）

注　释

[1]录事：官名，唐宋时期京府中该职务被改称为司录参军。　[2]之官：赴任官职。锦衣：精美华丽的衣服，此处代指官服。　[3]八咏：

指沈约《八咏诗》。二溪：即双溪，东阳江与武义江交汇处。　[4]曙星：拂晓之星，多指启明星。提纲：唐宋时委官运送货物及赋税至京师称为纲，管领其事称"提纲"。暝角：黄昏时的角声。锁印：岁终封印，停止办公，意为结束公事。　[5]钓渔矶：可供垂钓的水边岩石，此处借指严子陵钓台，表明隐逸之思。

赏　析

　　这是方干送朋友赴金华上任所作赠诗，许录事的具体生平已不可考，但据诗的内容可知其为金华人。诗开篇即说明友人回乡任官，衣锦还乡，一举两得。而且金华的山水名胜八咏楼和双溪水，都是任官之余吟咏休憩的佳处。接着诗人说明朋友是一位恪尽职守的好官，天刚拂晓就上班，一直到了傍晚才回家，勤勤恳恳，造福地方百姓。相比之下，自己人到中年，却无所建树，终日以酒为伴，真是相形见绌，充满了自嘲意味。方干以这首诗表明了自己无意仕途、归隐山林的志向。友人虽然仕途顺畅，却难免公务缠身，不得自由；自己虽无功名，却过着闲云野鹤般的生活。

贯 休

贯休（832—912），俗姓姜，字德隐，号禅月大师，婺州兰溪（今浙江兰溪）人。唐大中六年（852）受具足戒后，在五泄山修习苦行十年。天复元年至三年间（901—903）西行赴蜀，受到王建厚遇，终老蜀中。有《西岳集》，死后弟子昙域重编为《禅月集》。

春末兰溪道中作

山花零落红与绯，汀烟蒙茸江水肥。[1]

人担犁锄细雨歇，路入桑柘斜阳微。[2]

深喜东州云寇去，不知西狩几时归。[3]

清平时节何时是？转觉人心与道违。

（《贯休歌诗系年笺注》卷二一）

注 释

[1] 汀烟：岸边水雾。蒙茸：犹朦胧。　[2] 桑柘：桑木与柘木，代指村庄。　[3] 东州：指缙云县。西狩：皇帝出逃，此指黄巢军攻入长安，唐僖宗奔蜀。

赏 析

  广明元年（880），黄巢攻入长安，唐僖宗奔蜀，局势动荡，贯休先后避地常州、杭州。次年春，贯休自杭州返回兰溪，此诗即途中所作。诗人由早春的山花寥落开始，写到了兰江的烟雾迷蒙，从略带悲凉的寒意中去感受无限的生机。蒙蒙春雨暂歇，农人抓紧时机春耕，阳光洒在村庄和田野，一片祥和之景。此时又听闻黄巢起义军从临近的缙云县退去，心存欣喜，转念又想起皇帝逃离长安，不知何时能回归，收复都城，徒增忧念。因此诗人长叹，什么时候才能有清平世界，人民可以安居乐业。现实却是动荡不安，遍地烽烟，人情汹汹，偏离了大道。全诗由景入情，即近景而远思，将时局动荡与眼前静谧祥和的春景对比，呈现出巨大反差，也表明了诗人的忧国之情。

舒道纪

舒道纪(约834—?),号华阴子,婺州(今浙江金华)人。唐末赤松山道士。传闻为宰相舒元舆之孙,甘露之变中舒元舆被杀,舒道纪为家人藏匿,潜回婺州,后即隐居赤松山,存心养性,服气导引。能诗,工篆书,与贯休友善,有诗歌唱和。约卒于昭宗时,贯休有诗悼之。

题赤松宫[1]

松老赤松源,松间庙宛然。
人皆有兄弟,谁共得神仙。[2]
双鹤冲天去,群羊化石眠。[3]
至今丹井水,香满此山田。[4]

(《唐五代诗全编》卷九二一)

注 释

[1]赤松宫:位于今金华市金东区赤松镇。 [2]"人皆"二句:据晋葛洪《神仙传》载,黄(一作皇)初平年少牧羊,遇道士携至金华山中,其兄黄初起入山寻觅。后兄弟二人共留山中修习,得道成

仙。　[3]双鹤：传言黄初平、黄初起兄弟修炼成仙，各驾一鹤飞升而去。群羊化石：传说黄初平所牧之羊化为山中乱石，及初平叱之，复还为羊。　[4]丹井：赤松宫遗存水井，传为黄初平兄弟炼丹取水之井。此山田：一作"北山边"。

赏　析

　　诗人以松破题，描绘在松林间，赤松黄大仙的庙宇宛然而立，接着化用黄初平入金华山修道，并和其兄长共同成仙的故事，点出赤松宫的悠久历史和文化内涵，感叹昔日的仙人已乘鹤远去，群羊化成山石静静地安眠。最后，感叹于仙人炼丹所遗留的水井依然清冽，散发着迷人的芳香，飘满金华山。舒道纪以这首诗表达了自己当时在金华山的修行状态与心境。

宋　佚名　初平牧羊图

韦 庄

　　韦庄（约 836—910），字端己，京兆杜陵（今陕西西安）人。唐乾宁元年（894）进士及第，历任拾遗、左补阙。天复元年（901）入蜀，任王建掌书记。劝王建称帝，建立蜀国，授左散骑常侍，迁门下侍郎、同平章事，成为前蜀开国宰相。韦庄以花间词闻名，与温庭筠并称"温韦"。有《浣花集》。唐僖宗光启四年（888）春，韦庄由诸暨进入东阳，先后辗转至今金华市区和兰溪等地。

东阳赠别

绣袍公子出旌旗，送我摇鞭入翠微。[1]

大抵行人难诉酒，就中辞客易沾衣。

去时此地题桥去，归日何年佩印归。[2]

无限别情言不得，回看溪柳恨依依。

（《韦庄集笺注》卷七）

注　释

[1]绣袍公子：指富家子弟。　[2]题桥：比喻对功名有所抱负。西汉司马相如初离蜀赴长安，于成都城北桥柱题句，自述致身通显之志，

曰："不乘赤车驷马，不过汝下也。"佩印：佩挂官印，借指任命官职。《史记·苏秦传》载，苏秦用合纵之策，佩六国相印。

赏　析

　　这是韦庄离别时赠予友人的一首诗。从诗中可以看出，韦庄在东阳得到了富家子弟的盛情接待，富家子弟甚至还带他骑马游览了周边山水名胜。只可惜诗人漂泊江湖，举酒欲言言难诉，别离有泪泪沾衣。与东阳友人在一起期间，诗人也曾如同当年司马相如一样抒发豪情欲入京博取功名，又欲如苏秦一样佩相印富贵还乡。在这离别时刻，诗人惜别之情满腹却无法诉说，只能回看溪柳，似在与自己依依惜别。韦庄是一位颇有政治抱负的诗人，在战火纷飞的年代，他离开金华后远走西蜀，帮助王建建立前蜀政权，并出任宰相。只可惜他没能实现"何年佩印归"的愿望。

将卜兰芷村居留别郡中在仕[1]

兰芷江头寄断蓬，移家空载一帆风。[2]

伯伦嗜酒还因乱，平子归田不为穷。[3]

避世漂零人境外，结茅依约画屏中。

从今隐去应难觅，深入芦花作钓翁。

(《韦庄集笺注》卷五)

注　释

[1]卜：卜居，移居。兰芷：即兰溪江。　[2]断蓬：飞蓬，比喻漂泊无定。　[3]伯伦：西晋刘伶，字伯伦，嗜酒任诞，曾作《酒德颂》，是"竹林七贤"之一。平子：东汉张衡，字平子，作《归田赋》表达了其不满现实的黑暗，情愿返回田园从事著述的心情。

赏　析

　　这是韦庄移居兰溪江畔小村时与城中友人作别之诗。从诗的内容看，诗人的生活此时已渐有好转，然而四处漂泊的现状却依旧未变，因此诗的首句即以断蓬比喻自己远离故乡四处漂泊，途中所携只有吹动船帆之风，即身无长物。由此诗人想起了晋朝的刘伶和东汉的张衡，刘伶醉酒是因为时局的纷乱，张衡归田是因为不满朝廷的黑暗，诗人从两位先贤身上找到了慰藉，因此决意远离喧嚣，结茅隐居。从此友人想要寻找诗人的话，那个躲在芦花深处的钓鱼翁就是他。当然，这只是诗人的美好愿望而已，实际上韦庄后入蜀，仍在政治上积极作为，并没有归隐田园。

袁 吉

袁吉,籍贯和生卒年不详,约在唐天祐三年(906)任婺州刺史。

金华山

金华山色与天齐,一径盘纡尽石梯。[1]

步步前登清汉近,时时回首白云低。[2]

风偷药气名何限,水泛花光路即迷。

洞口数声仙犬吠,始知羽客此真栖。[3]

(《唐五代诗全编》卷一一二〇)

注 释

[1]盘纡:曲折回绕。　[2]清汉:银河,霄汉,这里指天空。　[3]羽客:修道之士。

赏 析

这是袁吉任婺州刺史时所作描写金华山色风光的诗,也是后来宣传介绍金华山水风光引用最多的诗歌之一。当时正值天下大乱，朝廷危覆，在这种情况下，作者以官员和诗人的双重身份游历金华山，并创作了一首流传千年的诗，自然含有极为深刻的寓意。诗的首句气势非凡，统领全篇，已成为描写金华山的千古名句，至今仍被人们传诵。在其后的诗句中，石梯、仙洞、白云、水光，这些可以在金华山亲身感受到的物象，诗人以神来妙笔一一呈现。其中"犬吠"一词用得别有深意，静中忽动，仿佛有高道隐士栖居于此深山画境之中，亦似武陵渔夫误入了和平宁静的世外桃源。反映了当时社会动乱，人心思安。诗人则借描绘金华山色美景，期盼社会能早日安定，共享美好生活。

南朝梁　张僧繇（传）　金华洞天图

浙江诗话

宋元

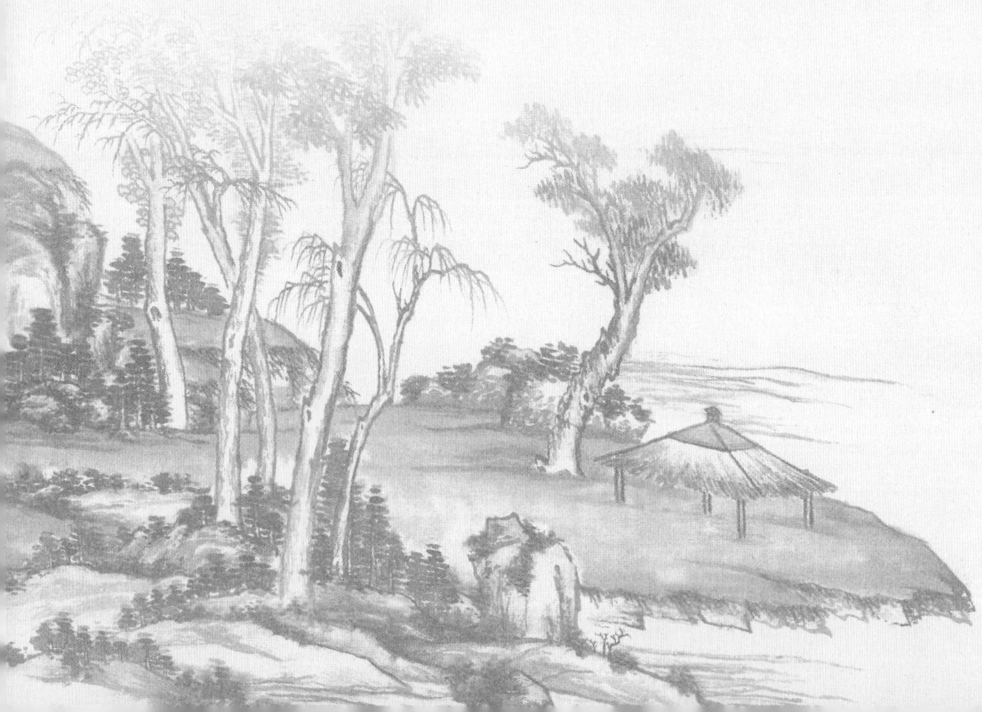

胡　则

胡则（963—1039），初名厕，字子正，婺州永康（今浙江永康）人。宋端拱二年（989）进士，宋太宗赐名为则。出知浔州、睦州、温州、信州、福州、杭州等十个州郡，按察江淮、广西、陕西等六路使节，又任礼部郎中、工部侍郎等，历仕三朝，至七十二岁，以兵部侍郎致仕。胡则主政期间，宽仁爱民，后被百姓供奉为神明，在方岩山顶立庙纪念。毛泽东主席曾赞扬胡则"为官一任，造福一方"。如今胡公庙香火已遍布金华乃至浙江，成为江南最大的民间信仰之一，信众广泛，远及日本和东南亚。

别方岩 [1]

寓居峰顶寺，不觉度炎天。[2]

山叟频为约，林僧每出禅。[3]

虚怀思往事，宴坐息诸缘。[4]

照像龛灯暗，通宵磬韵传。[5]

冥心资寂寞，琢句极幽玄。

拾菌寒云外，烹茶翠竹前。

远阴临岳树,清响落岩泉。

僻径无来客,深秋足乱蝉。

松风生井浪,溪雨长苔钱。[6]

自省随浮世,难终住永年。[7]

遍游曾宛转,欲别重留连。

明日东西路,依依独黯然。

(《胡正惠公集·遗文》)

注 释

[1]方岩:在永康城东,山体平地拔起,四面如削,直耸云天,峻险非凡,远望如城堡方山,故名方岩。胡则少时在此读书。现为浙江省级风景名胜区。　[2]峰顶寺:即广慈寺,原名大悲寺,初建于唐大中四年(850),北宋治平二年(1065)改为现名。寺在方岩山顶,是浙东著名的古刹之一。　[3]出禅:出定,从禅定状态中出来,与"入禅"相对应。　[4]宴坐:安坐,这里指坐禅。诸缘:佛教语,指色香等百般世相。　[5]龛灯:佛龛前的长明灯。磬韵:佛寺击磬的声音。　[6]苔钱:圆小如钱的苔藓。　[7]难终住:《永康县志》作"终难驻"。永年:长久,长寿。

赏 析

此诗为胡则早年读书方岩,离别时应寺僧所请而作。诗前有小序:"端拱元年春,予与湖湘陈生东书居方岩僧舍,暨命驾求岳牧荐,应天子举,将与僧别,率为五言十二韵,书于屋壁下。卜商曰:'动天地,感鬼神,莫近于诗。'予罔敢知而复为,或言之者无罪,庶几怀矣。知我无所隐焉。仲秋月朔,胡则书。"可以看出胡则热爱故土,对于方岩感情尤为深厚,这里不仅是他成长的地方,更是他学有所成走向仕途的起点。

诗人开篇就点明当时"寓居峰顶寺"与友人读书,准备应试。夏日山中凉爽,且读书无暇顾及其他,故"不觉度炎天"。与山中樵夫僧人为伴,生活宁静,烹茶谈禅,拾菌琢句,偶尔行步山中,不见人影,只有泉声蝉鸣回荡林间。诗人反观自身,并不是出家人或隐士,并不求悟道成仙,而是欲"随浮世"考取功名,为君分忧,为民造福,故而并不能在此长住。分别时刻到来,自己将要离开,回想山中岁月,明日就将各奔东西,不禁黯然神伤。全诗字句清雅,极富禅韵,以离愁别绪作结,不免伤感,然而其欲报效国家、为民造福的志向已呼之欲出。

黄宾虹　方岩溪涧图

赵 抃

　　赵抃（1008—1084），字阅道，号知非子，衢州西安（今浙江衢州）人。宋景祐元年（1034）进士及第。官至太子少保。有《清献集》。赵抃在熙宁三年（1070）四月与熙宁十年五月曾两次出知杭州，就任期间，宽严相济，体恤百姓，解决了杭州蝗灾、盗贼泛滥等问题，受到百姓众口交赞。在两度杭州任职期间，曾游访金华。

游金华洞

子房身乞辞大用，赤松伴游世所重。[1]
高远谁亲弋外鸿，尊荣肯羡池中凤。
至今仙迹存金华，我来一日登三洞。[2]
回顾却笑长安人，辛苦登天凭鹤控。[3]

（《赵清献公文集》卷六）

注　释

[1]子房：西汉初年谋臣张良，字子房，后封为留侯，功成身退，传说他晚年好黄老之学，从赤松子游。　[2]仙迹：指仙人黄初平修炼的

遗迹。三洞：金华北山的双龙洞、冰壶洞、朝真洞，合称为"金华三洞"。　　[3]长安人：指代追逐功名的人。鹤控：相传周时有王子乔学道成仙，骑鹤而去，后因以"控鹤"指得道成仙。又武周圣历二年（699），武则天置控鹤府，以嬖幸张易之为供奉，当时谄媚者称张易之弟昌宗是仙人王子乔后身（一说是张易之），故张昌宗在宫廷宴会上"被羽衣，吹箫，乘木鹤"，装扮成王子乔跨鹤飞空的样子，以博取武则天欢心。

赏　析

　　金华洞绝妙的岩洞风光和神奇的神仙故事令众多古今游人慕名探访，诗人也不例外。开篇诗人以张良的故事来抒发自己的感悟。张良以出色的谋略帮助刘邦赢得楚汉之争，建立汉政权，是汉初"三杰"之一，然而他不留恋权位，功成身退，随赤松子云游学道。传说赤松子也曾引导黄初平修炼成仙。张良的故事流传千古，黄初平修仙遗迹犹存，诗人在金华山游遍三洞，寻找仙迹，怀古思今。结句跳出眼前所见之金华洞景，反观世上那些追逐名利、一心博取功名的人，为了仕途晋升，巴结献媚，无所不用其极，像唐代张氏兄弟装扮成仙人模样，以此讨得帝王欢心。却不如诗人身在恍如仙境的金华洞中，息心忘念，已似神仙般逍遥自在。

绣川湖[1]

东南山水闻之久,未省人曾说义乌。

万顷波涛惊客眼,始知中有绣川湖。

(《梅磵诗话》卷上)

注 释

[1] 绣川湖:即今义乌市中心的绣湖,原有数顷之广,四周群峰环绕,云霞掩映,景色如绣,故名绣湖。始建于宋大观四年(1110)的大安寺塔与它相依相伴。

赏 析

诗人欲扬先抑,先将东南山水放至一个很高的位置,又说未曾听说过义乌有什么山水佳处。然后突然推出波涛万顷极为壮观的场景,说这就是义乌的绣川湖,用一波三折的手法故意造成诗词的跌宕之势,令人读来难忘。后人点评此诗"括尽题意,得绝句体"。

王安石

　　王安石（1021—1086），字介甫，号半山，抚州临川（今江西抚州）人。庆历二年（1042）进士及第。熙宁二年（1069），升任参知政事，次年拜相，累封荆国公。王安石大力推行变法改革，成效明显。罢相后出判江宁，病逝于钟山，谥号"文"，世称王文公。有《临川集》。皇祐三年（1051），王安石被任命为舒州通判。因此，王安石离开鄞县（今属浙江宁波），行至东阳途中作《次韵唐公三首》。

东阳道中

山蔽吴天密，江蟠楚地深。

浮云堆白玉，落日泻黄金。

渺渺随行旅，纷纷换岁阴。[1]

强将诗咏物，收拾济时心。[2]

（《王荆文公诗笺注》卷二三）

注　释

[1] 岁阴：岁暮，年底。　　[2] 济时：匡救时弊。

赏 析

　　这首诗是王安石在途经东阳时所作《次韵唐公三首》之一。行走在东阳的山道上，美景如屏，林密蔽天，浮云如玉，落日似金，然而诗人行旅匆匆，来不及驻足慢慢欣赏，光阴飞逝，流年易抛。因为诗人此行是去赴任地方通判，欲在政治上有作为，见景吟咏，不过是为了暂时收拾整顿一下心绪，坚定自己济时利民的决心。王安石立志改革，不畏政治道路上的艰难险阻，诗中前半部分描绘在东阳道中所见景色，气象不凡，对仗工整，然而诗歌立意在于自我勉励，要抓紧时间，坚定决心。王安石所作后两首诗，如《江行》"试尽风波恶"，《旅思》"此身南北老，愁见问征途"，皆即景抒发心中忧闷，而各种艰难险阻恰恰坚定了自己的政治改革决心。正如诗人所言"不畏浮云遮望眼"，此时在各地任官的经历，为其日后入朝执政、推行新法积累了充足经验。

苏 轼

　　苏轼（1037—1101），字子瞻，号东坡居士，眉州眉山（今四川眉山）人。宋嘉祐二年（1057）进士。宋神宗时，曾在杭州、密州、徐州、湖州等地任职。元丰三年（1080），因"乌台诗案"被贬为黄州团练副使。复起兵部尚书、礼部尚书。又出知杭州、颍州、扬州、定州。新党执政，被贬惠州、儋州。苏轼为北宋后期文坛领袖，文为"唐宋八大家"之一，与父苏洵、弟苏辙合称"三苏"；亦工书画，书法与蔡襄、黄庭坚、米芾并称"宋四家"。有《东坡全集》等。苏轼在杭州通判任时，与任职东阳的友人王概有诗文往来，留下了吟咏金华山水的诗篇。

东阳水乐亭[1]

君不学白公引泾东注渭，五斗黄泥一钟水。[2]
又不学哥舒横行西海头，归来羯鼓打凉州。[3]
　但向空山石壁下，爱此有声无用之清流。
　　流泉无弦石无窍，强名水乐人人笑。
　　惯见山僧已厌听，多情海月空留照。

洞庭不复来轩辕,至今鱼龙舞钧天。[4]

闻道磬襄东入海,遗声恐在海山间。[5]

锵然涧谷含宫徵,节奏未成君独喜。[6]

不须写入薰风弦,纵有此声无此耳。[7]

(《苏轼诗集》卷一〇)

注　释

[1]水乐亭:东阳县南有山,东西岘峰相对,有瀑布自山巅而下,注于涧中,水声如漱玉。北宋熙宁中,东阳县令王概筑亭涧上,取名水乐亭。按,诗原有自注:"为东阳令王都官概作。"　[2]白公:据《汉书·沟洫志》记载,太始二年(前95),有白公引泾水注渭水中,灌溉田四千余顷,沃野百里,因名曰"白渠"。百姓作歌称颂,其中有曰"泾水一石,其泥数斗"。　[3]哥舒:即哥舒翰,唐代名将,天宝年间平定河西。唐李白《答王十二寒夜独酌有怀》诗有"君不能学哥舒,横行青海夜带刀,西屠石堡取紫袍"句。羯鼓:古代一种鼓,腰细,因起源于羯族而得名。凉州:乐府曲名,原是凉州(今甘肃武威)一带的歌曲。　[4]轩辕:指上古黄帝。《庄子·天运篇》:"(黄)帝张咸池之乐于洞庭之野。"钧天:古代神话传说中天帝住的地方。　[5]磬襄:古代乐师,相传名襄,掌教击磬钟等乐器,因避世出居海边。　[6]宫徵:古代五音中宫音与徵音的并称,泛指乐曲。　[7]薰风:和暖的南风。传闻上古舜帝作五弦之琴以歌《南风》,其诗曰:"南风之薰兮,可以解吾民之愠兮。"

赏　析

　　熙宁三年（1070），苏轼友人王概任东阳县令，公事之余，寄情于山水，在岘峰禅院下山涧旁开工建亭，至年底建成，取名"水乐亭"。王概又命人绘制图样，寄给身在杭州的好友苏轼，并嘱请其题诗。苏轼收到后，挥笔写下这首诗。诗人开篇以白公引水、哥舒翰征战的典故作为反衬，强调王概不慕功名、淡泊名利的高尚品格，如同那"有声无用之清流"，在空山石壁下静静流淌，展现出一种超脱尘世的宁静与美好。接着又将水乐亭的流泉比作"水乐"，虽无弦无窍，却能奏响天籁之音，这份默契与共鸣，是山僧与海月所无法理解的。诗中对"多情海月空留照"的描绘，既是对自然美景的赞美，也是对王概孤独而清高形象的烘托。最后，诗人借磬襄遗声于海山的传说，隐喻王概的才情与品德如同自然之音，虽不如舜帝弦歌《南风》为后世传诵，但这样的声音无需人为修饰，唯有像王概这样心怀纯净之人，方能真正领悟其中的真谛。整首诗不仅展现了苏轼对东阳水乐亭美景的深情厚爱，更蕴含了对友人高洁情操的赞美与共鸣。

叶梦得

叶梦得（1077—1148），字少蕴，号石林居士，苏州吴县（今江苏苏州）人。绍圣四年（1097）登进士第，任婺州教授，历官翰林学士，知汝州、蔡州，移帅颍昌府。宋高宗南渡，以梦得深晓财赋，乃除资政殿学士，提领户部财用，辞不拜。绍兴年间重新召用，官至福州兼福建安抚使，以崇信军节度使致仕。卒于湖州。有《石林词》一卷。叶梦得于北宋徽宗朝曾任官婺州，由此与金华结缘。

江城子 大雪与客登极目亭[1]

翩跹飞舞半空来。[2] 晓风催，巧萦回。野旷天遥，回望兴悠哉。欲问玉京知远近，试携手，上高台。[3]　云涛无际卷崔嵬。[4] 敛浮埃，照琼瑰。[5] 点缀林花，真个是多才。说与化工留妙手，休尽放，一时开。[6]

（《全宋词》第二册）

注 释

[1]极目亭：在婺州子城东隅，初名双溪亭。绍兴二十三年（1153）重建，更名为极目亭。 [2]翩跹：轻快地旋转舞动的样子。 [3]玉京：原为道教天帝所居之处，这里指帝都。 [4]崔嵬：高峻雄伟的样子。 [5]琼瑰：美石，泛指珠玉。 [6]化工：自然的造化者。汉贾谊《鹏鸟赋》："天地为炉兮，造化为工。"

赏 析

  这是词人再次来到极目亭而作之词。上阕从飞舞的大雪入手，尽情描绘飞雪造就的美景，词人登台远眺，野旷天遥，意兴悠然。知心的雪花真不负词人所望，横空造势，奇伟瑰丽。于是在下阕中，词人对自然造化的鬼斧神工大加赞叹。此词中，词人一改委婉细腻的写法，视野开阔，气势恢宏，更酣畅地抒发心中的期盼，颇有一些豪放派的明快和奔放。

李 纲

李纲(1083—1140),字伯纪,号梁溪,祖籍福建邵武,生于常州无锡(今江苏无锡)。宋政和二年(1112)进士,官至尚书右仆射兼中书侍郎,拜相仅七十余日即黜去。有《梁溪集》。李纲曾被贬为泉州沙县税官,在去沙县的途中经过金华兰溪,寻访他的同乡吴点未遇,留有诗作。

兰溪访吴圣与不遇[1]

夕次兰溪县,溪山照眼明。

云端双塔耸,烟际一桥横。[2]

久旅易凄感,旧游如隔生。

故人寻不值,飘泊若为情。[3]

(《梁溪集》卷五)

注 释

[1]吴圣与:即吴点(1057—1130),字圣与,福建邵武人。元丰五年(1082)进士,晚年曾任睦州通判,任满调往越州,以年老辞官,客居兰溪。　[2]双塔:兰溪古建筑。始建于唐朝,明清时期皆有重修,

庄重精美，璀璨夺目，登塔可俯瞰兰溪全景。一桥：即悦济浮桥，始建于宋熙宁五年（1072），今毁。　　[3]值：遇到，逢着。

赏　析

　　吴点是李纲的同乡，二人关系非同寻常。虽然李纲这次寻访没能如愿见到吴点，却给金华留下了这首宝贵的诗作。从步入兰溪县城开始，诗人第一感觉就是这里的山水格外清新养眼。前四句将尽收眼底的兰溪县城全境描绘得意境盎然，使人身临其境。颔联对仗工整，抓住了兰溪标志性景物，给人留下深刻印象。后四句写诗人想到自己仕途坎坷，多遭贬谪，心中满是愁闷，迫切想与友人相诉衷情，可惜寻访不遇。即便是风景如画的旅程，也不能消去诗人心头纷乱的愁绪。诗人以此诗抒发了内心的无奈与愁思。

李清照

　　李清照（1084—约1155），号易安居士，齐州章丘（今山东济南）人。李格非之女，赵明诚之妻。早年随夫任官居于莱州、淄州等地，赵明诚死后，流寓于浙东，辗转于台、越诸州间。李清照词风婉约，语言清新平易，形成独特的"易安体"。有《易安居士集》。李清照出身于书香门第，生活优裕。靖康之变后，李清照开始流亡。绍兴四年（1134）十月，来到金华，给金华留下了《打马图经序》《打马赋》及三首诗词。

题八咏楼

千古风流八咏楼，江山留与后人愁。[1]

水通南国三千里，气压江城十四州。[2]

（《李清照集笺注》卷二）

注　释

[1] 后人：这里特指遭遇家破国亡的宋人。　[2] 十四州：北宋时期两浙路，包括平江、镇江两府，杭州、婺州（金华）等十二州，统称十四州。五代贯休《献钱尚父》诗有"满堂花醉三千客，一剑霜寒十四州"句。

赏 析

此诗约作于绍兴五年,时金兵南侵,诗人避乱至金华,即景抒情,慨叹江山难守。诗的前两句,李清照以超迈的笔调将八咏楼的胜景以"千古风流"点明,而面对如此山川胜景,李清照却将笔墨急转直下,面临金兵侵压之势,如此壮丽的江山只能留给后人无限的愁绪。后两句更是进一步描写了在八咏楼上所见的壮美胜景,以此作为衬托,将心中的愁绪推向高潮。

这首诗是李清照难得的豪迈之作,更是诸多八咏楼诗词中的巅峰之作。从此之后,李清照所写的"千古风流八咏楼",便成为古城金华千年永驻的城市地标与象征。

武陵春

风住尘香花已尽,日晚倦梳头。[1] 物是人非事事休,欲语泪先流。 闻说双溪春尚好,也拟泛轻舟。[2] 只恐双溪舴艋舟,载不动、许多愁。[3]

(《李清照集笺注》卷一)

注 释

[1]尘香:落花萎地,使尘土沾染了花的香气。 [2]双溪:在金华城南,双溪交汇于城下。 [3]舴艋(zé měng)舟:形似蚱蜢的小船。

赏 析

　　这首词约在绍兴五年暮春时所作。词人以经风落花自喻,因此终日慵倦而懒于梳妆,经历了家破人亡,物是人非,因而欲说还休。上阕词人着重刻画自己因忧愁而引发的各种状态,下阕词人突然将场景转到春光明媚的双溪,然而即使泛舟欣赏春景,恐怕小船也载不动词人内心的忧愁。词人以"欲语""也拟""只恐"三组虚词联动整首词,层层递进,曲折无痕,尽展委婉含蓄的艺术特征。明沈际飞在《草堂诗余》中点评其结句与苏轼《江城子》"流不到、楚江东"之作,"分帜词坛,孰辨雌雄"。

宋　佚名　柳溪泛舟图

郑刚中

　　郑刚中（1088—1154），字亨仲，号北山，又号观如居士，婺州金华（今金华市金东区）人。宋代政治家、文学家。绍兴二年（1132）进士，历官尚书吏部侍郎、川陕宣谕副使、四川宣抚副使等。在四川任职期间，注重财力积蓄，加强军备，防御金兵南下，故时称"宗泽如猛虎在北，刚中如伏熊在西"，被誉为"西南长城"。绍兴十七年，因忤秦桧遭罢黜，贬谪外迁，卒于封州（今广东封开）。宋孝宗朝，得以昭雪，复原官，追赠宣奉大夫。郑刚中著述颇丰，有《周易窥余》《北山文集》。

北山会饮[1]

　　四围明窗香雾塞，酒射玻璃成琥珀。[2]

　　无多酌我先有言，须识次公为恶客。[3]

　　长鲸岂问湖海宽，偃鼠定知胸次窄。[4]

　　后园杂花如锦折，风雨颠狂那可测。

　　主人娱宾宁爱酒，勿以杯计当以石。[5]

　　君图继晷膏可燃，若欲留春古无策。

（《郑刚中集》卷二）

注 释

[1] 北山：即金华山，民间俗称为北山。　[2] 琥珀：微黄到微褐色半透明的树脂化石，这里指代酒的颜色。唐李白《客中行》："兰陵美酒郁金香，玉碗盛来琥珀光。"　[3] 次公：西汉盖宽饶，字次公。《汉书·盖宽饶传》载，盖宽饶为官廉正不阿，刺举无所回避。平恩侯许伯治第新成，权贵均往贺，宽饶不行，请而后往，自尊无所屈。许伯亲为酌酒，宽饶曰："无多酌我，我乃酒狂。"丞相魏侯笑道："次公醒而狂，何必酒也？"后因以"次公"称刚直高节之士或廉明有声的官吏。　[4] 偃鼠：鼹鼠。《庄子·逍遥游》："鹪鹩巢于深林，不过一枝；偃鼠饮河，不过满腹。"　[5] 石：容量单位，十斗为一石。

赏 析

　　这是郑刚中与一群朋友在金华山会饮之后所作七言古诗。聚会环境优美，开篇就用两句先后描写宴会地点和所处环境，窗明几净，山间雾气弥漫，高朋满座，琥珀色的美酒芬芳迷人。开宴前，诗人特意发言，以西汉盖宽饶自况，谦称酒量不行，不能多饮，否则会醉酒发狂，成为搅扰宴会的"恶客"。又以长鲸与鼹鼠对比，表达了自己的远大抱负，对仕途面临的风雨坎坷也做好了充分的准备。最后诗句又折回宴席，为了宾朋欢宴，劝主人不要"吝啬"美酒，焚膏继晷欢宴到天明。因为时光飞逝，良会难再，如此美好的春光山色中的宴饮，人生能有几次呢？诗篇情景交融，有古乐府风。

苏　简

　　苏简（？—1166），字伯业，祖籍眉州眉山（今四川眉山）。苏辙之孙，苏迟之子。以祖恩补假承务郎。徽宗宣和初调郑州司曹，累官知严州、处州。以直秘阁帅广东，措置海盗有方。以直龙图阁致仕。有《山堂集》。宋高宗建炎二年（1128），苏辙长子苏迟以右朝散大夫直秘阁出任婺州知府，于是安家金华。据记载，兰溪栖真寺小飞来峰下还保存有"三苏墓"（苏迟及子苏简和苏简之孙苏林之墓）。今金华市区的醋坊岭，据说是苏门后人集聚地，始名为苏坊岭，由于在金华方言中"苏"和"醋"的发音很相近，久而久之，苏坊岭就讹传成了醋坊岭。

次韵张正民游智者寺[1]

养拙何所诣，白昼门常关。

剥啄有好怀，绕郭横秋山。[2]

佛刹在山麓，清净非人间。

曳杖得晤语，幽寻为欢颜。

寺同乔木古，僧与白云闲。

一鸟不复鸣,流泉自潺湲。[3]

山林作胜践,世事羊肠艰。[4]

(《宋诗纪事》卷五〇)

注　释

[1]张正民：书法家,与张耒等有交游。智者寺：在金华山南麓,尖峰山之西,南朝梁普通七年(526)敕建。　[2]剥啄：敲门的声音。　[3]潺湲：水缓慢流动的样子。　[4]羊肠：形容狭窄曲折的小路。

赏　析

　　这首五言古诗是诗人游览智者寺后,步张正民的诗韵而作。苏简的这次智者寺之行是否与张正民同行,不得而知。诗人以舒畅的心情,历数当天见到的情景,秋山巍峨,佛寺幽静,鸟雀不鸣,清泉自流,殿宇与乔木同古,寺僧与白云共闲。其中"寺同乔木古,僧与白云闲"一句描绘古寺幽静,僧人悠然,极富韵味。诗人在此描绘了一幅寂静且祥和的画面,然而诗人又笔锋一转,发出了世道艰难的感叹。这种出其不意的艺术效果,体现了诗人对现实生活的真切体验和细致观察。

苏 籀

苏籀（1091—?），字仲滋，祖籍眉州眉山（今四川眉山）。苏辙的孙子，苏迟第三子，后过继苏迟胞弟苏适。苏籀从小聪颖，颇得祖父苏辙喜爱，与苏辙共同生活九年，直到苏辙去世。以祖荫补陕州仪曹掾，转官南剑州添差通判。高宗绍兴三年（1133），以右宣义郎为大宗正丞。孝宗时卒，年七十余。因其生父苏迟出任婺州知府，随父迁居金华，直至去世。

临双溪

汪汪西步桃花候，去去南峦苍狗云。[1]

日暖汀沙牧人梦，春嬉凫鹜野夫芹。[2]

缭郭左右交流浍，彼岸烟昏涨梓枌。[3]

颔首悠然辨真趣，会心比况有奇闻。

（《双溪集》卷三）

注 释

[1] 苍狗：比喻事物变化不定。　[2] 凫鹜：鸭子，指代水鸟。　[3] 郭：外围的大城，这里指代城墙。梓枌（fén）：梓树和榆树，指乡里。

赏　析

　　金华城南的双溪自古就是绝佳的景点，诗人寻景赋诗，伫立江头，举目远望。诗人以两个令人意想不到的叠词，形象地描绘了双溪的近景和远景，婺水西去，南山抱云。然后深度描写双溪之上的种种景物，沙洲游牧，凫鸟嬉春，击水有声，昏烟迷岸。见此一派生机盎然的春景，诗人流连忘返，心中会意自然真趣，却无法开口描述，只得颔首轻叹，作诗而返。苏籀虽是随父迁居金华，却已经把金华当作故乡，此诗即是对金华美景的描绘和赞美。

宋　佚名　柳溪春色图

范 浚

范浚（1102—1151），字茂明，世称"香溪先生"，婺州兰溪（今浙江兰溪）人。自幼才高气迈，不喜名利。绍兴元年（1131）举贤良方正，因不满秦桧当政，不起，闭门讲学，有弟子数百人。朱熹以范浚所撰《心箴》载入《孟子集注》，由是知名。有《香溪集》。范浚在思想学术上倡导经史并用，力主道德心性与制度事功相融合，对金华学派的兴起和浙东学术思想的发展影响颇大，被奉为"婺学之开宗，浙学之托始"。

游兰溪灵洞 [1]

朝曦呆晴空，宿雾开纷披。

萦纡度墟曲，荦确行溪湄。

横桥转山腰，丹垩明招提。[2]

嵪谺觑阴洞，欲入愁途迷。[3]

流泉暗淙琤，喷壑跳珠玑。

岩根石彩翠，映水光参差。

穷高上苍岑，支策行欹危。

林端出绀宇，兀与浮云齐。[4]

曾来念旧事，历历经行时。

松长向如人，今已老十围。

我尚喜青鬓，还年未生丝。

偕游数君子，意拟探幽奇。

诸峰未历览，寒日还平西。

同携下前麓，却望兰阴归。[5]

明年艳阳春，更约相追随。

当须各努力，补屐寻幽期。

（《范浚集》卷二〇）

注　释

[1] 灵洞：在今兰溪市洞源村，又称六洞山，以地下暗河和栖真寺闻名。　[2] 招提：梵语音译词，原意为四方僧的住处，后泛指佛教寺院或僧房。　[3] 谽谺（hān xiā）：开阔的山谷。阴洞：阴凉的岩洞，这里指兰溪灵洞。　[4] 绀（gàn）宇：佛寺之别称。　[5] 兰阴：兰阴山，位于衢江、婺江和兰江三江交汇之地，形似苍龙，又名横山。

赏　析

兰溪灵洞属金华山溶洞，是金华知名的旅游景点。范浚同数友相约，同游灵洞。诗人用大量笔墨铺陈灵洞景色，从早晨的朝阳，到山间的桥梁和寺院，还有叮咚发声的暗泉，以及山中的五光十色。及返回时，诗人游兴不减，表示自己体力尚佳，还可以深入去探寻幽奇的景致，因此与友人相约明年阳春时，及早准备，探寻幽邈美景。表达了诗人超脱世俗追求、探寻自然奇景的情怀。

明　陆治　仙山玉洞图（局部）

韩元吉

韩元吉（1118—1187），字无咎，号南涧，开封雍丘（今河南杞县）人，南渡后徙信州（今江西上饶）。曾师事尹焞，以荫恩授龙泉主簿。绍兴二十八年（1158），知建安县（今福建建瓯），后出入中外，两度出任婺州知府。第一次是在淳熙元年（1174）二月，当时他因遭受他人弹劾而出知婺州。次年，重新担任吏部尚书。淳熙五年韩元吉力请外任，再次出知婺州。官至吏部尚书、颍川郡公。晚年退居信州。有《桐荫旧话》《南涧甲乙稿》。

游鹿田寺 [1]

路转崔嵬第一峰，两仙迎我度空蒙。[2]

不知屦蹑青霄上，但觉身行绀雾中。[3]

陇麦正随高下绿，山花犹作浅深红。

极知灵运真任守，蜡屐穿林兴未穷。[4]

（《南涧甲乙稿》卷四）

注 释

[1] 鹿田寺：在金华山鹿田村，始建于南北朝时期，寺废后改建为鹿田

书院,是今浙江省保存最完整的古代书院之一。　[2]两仙:指传说中的黄初平、黄初起两兄弟。　[3]绀雾:因阳光折射而略带青红色的山雾。　[4]灵运:南朝宋诗人谢灵运。蜡屐:涂蜡的木屐,指代游山,亦指代悠闲的生活。

赏　析

　　这首诗写在淳熙元年,韩元吉因受弹劾而出知婺州,因此得以与友人多次同游金华山。诗人在首联先直接赞美金华山的壮美,称其为第一峰,山间雾气缭绕,似有曾经在此得道的仙人引领游览山川美景。诗人如入仙境,雾气朦胧,似直踏青霄。攀登至高处,四下眺望,远处的麦垄错落有致,眼前的山花变幻无常。此刻的诗人想起了山水诗的鼻祖谢灵运,并发出了感慨:深知谢灵运喜山水,若是谢公著屐穿林,看到如此美景,肯定游兴盎然,会继续探寻吧。诗人从侧面赞美了金华山及鹿田寺的无限风光。

夜行船 再至东阳有歌予往岁重九词者

　　极目高亭横远岫。[1]拂新晴、黛蛾依旧。策马重来,秋光如画,霜满翠梧高柳。　菊美橙香还对酒。欢情似、那时重九。楼上清风,溪头明月,不道沈郎消瘦。[2]

(《南涧甲乙稿》卷七)

注 释

[1] 远岫：远处峰峦。　　[2] 沈郎：指南朝梁沈约，曾任东阳郡太守。

赏 析

　　这是韩元吉重返金华时所作的词。上阕写景，作者登高远眺，只见远岫横亭，黛蛾依旧，忽有马蹄声在秋色中传来，已是翠梧霜满。词人以极其细腻的笔触，描写所见景象，远近互动，高低错落，动静结合，有声有色。词的下阕点明已是深秋时节，菊花绽放，橙熟果香，又有美酒品尝，十分惬意。不由得联想起过往的重阳节，勾起回忆情思，清风、溪水、明月，让人想起古代东阳太守兼诗人沈约。词人也曾任婺州知府，这里自比沈约，似因愁苦多病而身体日渐消瘦。全篇格调清新委婉，尤其是最后三句"楼上清风，溪头明月，不道沈郎消瘦"，颇得婉约风味。

喻良能

喻良能(1120—?),字叔奇,号香山,婺州义乌(今浙江义乌)人。南宋绍兴二十七年(1157)进士,后通判绍兴府,历官工部郎中、太常寺丞等,以朝请大夫致仕。有《香山集》。曾进《忠义传》二十卷,孝宗深加叹赏,即命颁行。喻良能曾任福州教授,与王十朋、木待问等交好,并有酬唱。

次韵木蕴之状元义乌道中 [1]

奔走尘埃老未休,每思上下两岩稠。[2]

关心簿领三书考,回首家山两换秋。[3]

揣腹自怜鹪鹩小,江湖谁计雁凫留。[4]

又遮西日长安去,惭愧平生马少游。[5]

(《香山集》卷一一)

注　释

[1] 木蕴之:即木待问,字蕴之,永嘉(今浙江温州)人。隆兴元年(1163)状元及第。　[2] 两岩:义乌的两处名胜景点,即后宅德胜岩和吴店萧皇岩。德胜岩因山峦稠密又称稠岩,义乌稠州之名由此而来。

萧皇岩因南朝梁昭明太子萧统到此游历而得名。　　[3]簿领：官府记事的簿册或文书。三书考：古代官吏考绩之制，即经过三次考核来决定官吏的升降赏罚。　　[4]搘（zhī）：同"支"，支撑。　　[5]马少游：东汉名将伏波将军马援的从弟，志向淡泊，知足求安，无意功名。

赏　析

　　这是喻良能次韵状元木待问的唱和诗。喻良能虽官阶不高，但交往甚广，这首诗就是他在福建任职时，回乡途中即景抒情，寄答木待问的诗作。诗人以归乡为题，讲述了途中所见所思，并以鹪鹩自比，不愿奔走仕途，意欲归老江湖，字里行间乡情浓郁，诗句对仗工整自然。结句写诗人仕途奔走，远望京师，想起东汉时期的名士马少游，淡泊求安，不乐仕进，只求优游乡里，诗人相形见绌，感到惭愧，亦借此表达了诗人欲归老乡里的愿望。

曹　冠

曹冠（约1123—1202），字宗臣，号双溪，婺州东阳（今浙江东阳）人。曹冠自幼博闻强记，以乡贡入太学，为秦桧诸孙师。宋绍兴二十四年（1154）进士，后任太常博士。绍兴二十五年，秦桧病死，曹冠为秦桧撰写谥议，引起了朝野不满。群臣上疏请求罢免曹冠，曹冠因此落职。之后又被举报科考舞弊，被夺去了进士功名。乾道五年（1169），孝宗许其再试，再次及第，授官郴州知府，转朝奉大夫致仕。有《燕喜词》《忠诚堂集》。

水调歌头 游三洞

我本方壶客，飘逸离凡尘。[1]胸中万卷，谈笑挥翰墨通神。不慕巢由隐迹，不羡皋夔功业，出处两无心。[2]坦荡灵台净，廛隐胜云林。[3]　念生平，喜旷达，事幽寻。登临舒啸，惟有风月是知音。[4]雅爱金华仙洞，一派苍崖飞瀑，四序景常新。遐想赤松子，来为醒冲襟。

（《全宋词》第三册）

注 释

[1]方壶：一名方丈。传说中的神山。 [2]巢由：巢父和许由的并称，皆为上古尧帝时的隐士。皋夔：皋陶和夔的并称，皆为上古舜帝时的贤臣。 [3]灵台：指心灵。廛（chán）隐：隐逸在市井之中。 [4]舒啸：犹长啸。晋陶渊明《归去来兮辞》："登东皋以舒啸，临清流而赋诗。"

赏 析

曹冠的人生可谓充满了戏剧性，喜中进士，平步青云，却遭打击，跌入谷底，然后东山再起，再度风光。跌宕起伏的经历，让曹冠看透了人世间名利荣华，于是偏爱山林。这是曹冠游历金华三洞之后留下的一首词。词人因受到了黄大仙得道登真故事的感染，词作充满了仙气，尤其是首句"我本方壶客，飘逸离凡尘"，一如谪仙之风，清新脱俗。接着词人遍诉自己的人生经历与思想动态，提炼出"惟有风月是知音"的观点，以雅爱金华洞，遐想赤松子，表达了自己远离尘嚣的愿望。

陆 游

陆游（1125—1210），字务观，号放翁，越州山阴（今浙江绍兴）人。宋绍兴三十二年（1162）赐进士出身，为枢密院编修、宝谟阁待制。有《渭南文集》《剑南诗稿》等。建炎四年（1130），陆游曾随父亲陆宰避居于安文（今浙江磐安）。入仕后，还曾多次绕道东阳和金华。其晚年诗作《杂兴》中有记："乱定不敢归，三载东阳居。"可以说，金华是陆游的第二故乡。陆游在近八十岁时还为金华智者寺重建撰写碑文《重修智者广福禅寺记》，足以说明陆游对金华这片土地的感情。

东阳道中

风欹乌帽送轻寒，雨点春衫作碎斑。

小吏知人当著句，先安笔砚对溪山。[1]

（《剑南诗稿校注》卷一）

注 释

[1] 小吏：随从人员。

赏 析

　　这首诗大约是绍兴三十年陆游北归途经东阳时所作。陆游的仕途可谓坎坷，曾经两次得罪秦桧，因此遭到打压，直到绍兴二十五年秦桧病逝后，陆游才得以正式进入仕途，出任福州宁德县主簿。绍兴三十年，陆游任职期满，取道海路回到浙江，经东阳时，眼见溪山风景而有此作。诗人形象生动地描写了在东阳山中行走时的细节，头顶的乌帽被风吹歪，身上的衣衫被雨点染，眼见如此美景，不禁诗兴盎然，欲提笔作诗。随从小吏善解人意，知道诗人欲作诗，马上为之准备笔墨。诗人以轻快的语句，道出眼前自然之景，也反映了其潇洒闲逸的心态。后人评价此诗，风格近似苏轼，洵为上乘之作。

婺州州宅极目亭

尚书曳履上星辰，小为东阳作主人。[1]
朱阁凌空云缥缈，青山绕郭玉嶙峋。[2]
似闻旋教新歌舞，且慰重临旧吏民。
莫倚阑干西北角，即今河洛尚胡尘。[3]

（《剑南诗稿校注》卷一一）

注 释

[1]尚书：古代官名，这里指韩元吉，因其曾任吏部尚书。曳履：拖着鞋子。唐杜甫《上韦左相二十韵》有"听履上星辰"句。这里指尚书身在高位，为皇帝近臣。　[2]嶙峋：形容山势峻峭，重叠突兀的样子。　[3]河洛：黄河与洛水的并称，常用于指代中原腹地。这里特指北方失土。胡尘：胡人兵马扬起的沙尘。此处指代金兵的凶焰。

赏 析

　　这首诗写在淳熙五年冬季，陆游从福建任上回临安（今浙江杭州），特意转道婺州城去看望在这里任知州的老友韩元吉。陆游与韩元吉不仅政见相同，而且都擅长诗文，是多年的挚友。陆游来到婺州，在韩元吉陪同下游览极目亭，并写下这首诗。诗人从韩元吉入笔，仅用了两句诗就将韩元吉飘逸的神态和好客的热情活灵活现地刻画了出来。接着诗人将目光移至极目亭及更远，仿佛见到了百姓歌舞升平的场景。而这时候的诗人却陷入了深深的凝思，远眺西北，中原大片土地尚在金兵马蹄之下，以此表达了失土未收的愤懑，抒发了强烈的爱国主义激情。

姜特立

　　姜特立（1125—约1205），字邦杰，号梅山，处州（今浙江丽水）人。父姜绥抗金捐躯，承父荫恩补为承信郎，淳熙年间升迁福建兵马副都监。当时福建沿海一带海盗猖獗，姜特立在摸清匪情后，亲自率领精兵，突入匪窟，生擒匪首。赵汝愚赏识其智勇，向朝廷举荐。淳熙十一年（1184），孝宗召见，特立献诗百篇。孝宗大喜，授其阁门舍人。光宗即位，除知阁门事。后被弹劾，夺职奉祠。未几，除浙东马步军副总管。宁宗登基，迁和州防御使，拜庆远军节度使。未几卒，享年约八十。姜特立虽为武官出身，然以能诗结交了许多当时名流诗人，如陆游、杨万里、汪大猷、韩元吉等，多有酬赠诗作。

八咏楼[1]

隐侯故事许谁传，领略江山付谪仙。[2]

虹抱子城增面势，翚飞杰栋跨风烟。[3]

旧题压倒三千首，壮观追还七百年。[4]

我老登临无好语，倚栏终日愧前贤。

（《姜特立集·梅山续稿》卷二）

注　释

[1]原诗题下有注云:"旧八咏楼因子城为基,其地隘甚,初无楼观之实。隐侯在郡,当齐建武甲戌,距今淳熙己酉,盖六百九十五年矣。参政李公始筑其趾而增新之。于是华榱杰栋,凭虚望远,缥缈烟云间矣。"　　[2]隐侯:指沈约。谪仙:指李白。　　[3]翚(huī)飞:形容宫室高峻壮丽。《诗经·斯干》:"如翚斯飞。"　　[4]旧题:古人题写的诗文,这里指沈约登玄畅楼所作之诗。

赏　析

　　这是诗人登临八咏楼咏叹之作。诗的首联讲述了广为流传的沈约在此创作《八咏诗》的故事,并描述了八咏楼的壮美景象。八咏楼历代题咏不绝,唐代大诗人李白对八咏楼也是倾心已久,他在《送王屋山人魏万还王屋》一诗中,就曾说:"落帆金华岸,赤松若可招。沈约八咏楼,城西孤岧峣。"颔联分别描绘八咏楼的壮观,金华子城在彩虹的拥抱下气势非凡,巍峨的八咏楼高耸壮丽。诗的颈联分述八咏楼的人文,沈约《八咏诗》冠绝一时,南朝时的齐梁胜景已近七百年。诗的尾联着重抒发诗人的情感,诗人以年迈之身登临八咏楼,想要凭栏咏叹,但面对前贤诗句,自叹弗如。姜特立对八咏楼感情深厚,其文集中还有《重题八咏楼》诗,其中有"英游已远空追想,附骥犹堪托短章"之句,表达了对前贤的追思和怀想。

王 淮

王淮（1126—1189），字季海，婺州金华（今金华市区）人。南宋名相。绍兴十五年（1145）进士，初授临海尉，后迁监察御史。淳熙二年（1175），除同知枢密院事、参知政事。至淳熙八年，出任右丞相兼知枢密院事，次年再任左丞相。因好友唐仲友为朱熹所劾，乃使人攻道学，始开庆元伪学之禁。卒谥文定。

白沙溪遣兴[1]

白沙三十有六堰，春水平分夜涨流。

每岁田禾无旱日，此乡农事有余秋。

功驰汉室为名将，泽被吴邦赐列侯。[2]

千古威灵遗庙在，至今血食遍遐陬。[3]

（民国《汤溪县志》卷一九）

注 释

[1]白沙溪：婺江的一条重要支流，发源于浙江遂昌、武义交界的狮子岩，流入金华境内后，汇集银坑溪、半溪等几十条大小支流，途经沙畈、琅琊、白龙桥，汇入婺江。今白沙溪三十六堰已进入世界灌溉工

程遗产名录。　　[2]"功驰"二句：相传东汉建武年间卢文台率部在此兴修水利，建白沙堰、停久堰，为民造福。三国吴赤乌年间，民众建立白沙庙纪念卢文台。至北宋政和三年（1113），敕封卢文台为昭利侯，并赐庙额昭利。故白沙庙亦称昭利庙。庙址在今金华市婺城区琅琊镇白沙卢村。　　[3]血食：指用于祭祀的食品。遐陬（zōu）：偏远的地方。

赏　析

　　这首诗是王淮专门为纪念东汉卢文台所写。传言卢文台是东汉初年的将军，在平王莽、讨赤眉中战功卓著。建武初年归隐金华南山辅苍，垦田自足，体恤百姓，兴修水利，所筑的白沙溪堰是浙江最早的水利工程之一。卢文台也被后世敬奉为"白沙老爷"。诗篇开门见山，描述三十六堰的概貌，然后讲述堰坝给农业生产带来的实效，再是追怀卢文台血战沙场和隐居辅苍兴修水利的功绩，最后自然地归结到千古扬名的白沙庙，而这样四时祭祀香火不断的庙宇已经遍布金华江流域。诗人高度赞扬了卢文台的历史功绩，也表明了自己勤政为官、造福百姓的志愿。

杨万里

杨万里（1127—1206），字廷秀，号诚斋，吉水（今江西吉水）人。宋绍兴二十四年（1154）进士，官至江东转运副使。工诗，自成诚斋体，与尤袤、范成大、陆游号称"南宋四大家"。有《诚斋集》。杨万里曾任临安府教授，因此多次乘舟经过兰溪。绍熙三年（1192），杨万里因谏获罪，谢病自免，最后一次途经兰溪回到吉水。

晓泊兰溪

金华山高九天半，夜雪装成珠玉案。
兰溪水清千顷强，朔风冻作琉璃矼。[1]
日光雪光两相射，病眼看来忘南北。
恨身不如波上鸥，脚指为楫身为舟。
恨身不如沙上雁，芦花作家梅作伴。
折绵冰酒未是寒，晓寒真欲冰我肝。
急闭箬篷拥炉去，竹叶梨花十分注。[2]

（《杨万里集笺校》卷一九）

注　释

[1]釭（gāng）：油灯。　[2]蒻（ruò）：蒲草编织的席子。竹叶梨花：竹叶酒、梨花酒。

赏　析

　　这是一首很有特色、很显才气的七言古体诗。诗人充分运用古体诗自由奔放的特性，反复转韵，平仄交替，在跌宕起伏的诗韵转换中，腾挪自如，奇伟瑰丽。诗人以身在兰溪舟上为基点，详细描述了眼前的绝世景色，如连绵不断、高耸入云的金华山，在被昨夜的一场大雪点缀后化作珠玉之案，川流不息的兰溪水在朔风的凛冽下冰冻得如同琉璃灯盏般。而此刻天已放晴，阳光照射在雪面上，耀眼夺目，诗人本已是老眼昏花，就更加不分南北了。见此情景，诗人乘兴欲化作波上鸥，为舟楫，或是沙上雁，常与梅花相伴。雪后清晨的寒冷，打断了诗人的神游畅想。故而诗人笔锋一转，转而描述兰溪江上晓日之寒，冰酒非寒，晓寒真冰。于是赶紧回船舱中闭篷拥炉取暖，将酒杯斟满，以饮酒御寒。诗人充分发挥艺术想象力，语句夸张，极富浪漫情怀。

唐仲友

　　唐仲友（1136—1188），字与政，号悦斋，婺州金华（今金华市区）人。绍兴二十一年（1151）进士，授衢州西安县主簿。绍兴三十一年又中宏词科，授建康府通判。孝宗时上书论时政，召除秘书省著作郎。淳熙七年（1180），知台州，兴修学校，赈济灾荒，兴利除弊，颇有政声。后为朱熹所弹劾，罢职还乡。有《六经解》《悦斋文集》等。

石　洞[1]

流泉在石上，细路在石下。

天宇闭复开，竹树邃而雅。

我来不值桂壑风，月寒病骨艰迎逢。[2]

野田午后爱日烘，杖藜扶去穿谾谾。[3]

霜清水落石正瘦，落叶拥径行龙钟。

决流作瀑飞短虹，小阁踞坐尘虑空。

萧然一笑出山去，回首峻壁纷青红。

（《悦斋文钞》卷一〇）

注 释

[1] 石洞：在东阳石洞书院北。 [2] 桂壑：亦在石洞书院，南宋陆游、陈傅良曾到此，作《桂壑》诗。 [3] 杖藜：谓拄着手杖行走。藜，野生植物，茎坚韧，可制作拐杖。谾谾（hōng lóng）：空旷的山谷。

赏 析

　　这是唐仲友游历东阳石洞之后所作的一首古体诗。罢职还乡后的唐仲友曾到过石洞书院。此处谷壑交错纵横，溶洞星罗棋布，是文人墨客游赏赋诗的胜地。诗人以简洁明快的语言，回环反复的音调，优美隽永的意境，清新亮丽的格调，勾勒了一幅明丽美妙的石洞景色图。在风景如此迷人的地方，诗人能够萧然而去，回首还见到了青山色彩斑斓的一面，反映了诗人超脱俗尘的志向和快意。

吕祖谦

  吕祖谦（1137—1181），字伯恭，学者称东莱先生，婺州金华（今金华市区）人。文学家、理学家，金华学派的代表人物。吕祖谦的家族是自唐至宋的官宦世家。建炎年间，其曾祖父吕好问携全家避难南迁，定居婺州金华。绍兴十八年（1148），吕祖谦恩补为将仕郎。隆兴元年（1163），中博学宏词科，赐同进士出身，特授左从政郎。乾道二年（1166），丁母忧，守丧期间，在明招寺讲学。乾道六年，召为太学博士兼国史院编修官。淳熙三年（1176），召为秘书郎兼国史院编修官，参与重修《徽宗实录》，编纂刊行《皇朝文鉴》。吕祖谦与朱熹、张栻等友善，时称"东南三贤"。有《东莱吕太史文集》等。

明招杂诗四首（其一）[1]

鸟声报僧眠，钟声报僧起。

静中轻白日，邈视东流水。

风月有逢迎，出门聊徙倚。[2]

传遍南北村，松间横屐齿。[3]

（《东莱吕太史文集》卷一）

注　释

[1] 明招：即明招寺，在武义城东明招山麓。明招寺原为东晋镇南将军阮孚隐居的宅院，至阮孚晚年始舍宅建刹。原名惠安寺，宋改称明招寺。　　[2] 徙倚：徘徊，逡巡。《楚辞·远游》："步徙倚而遥思兮，怊惝恍而乖怀。"　　[3] 屐齿：足迹，游踪。

赏　析

　　这是吕祖谦丁忧期间在明招寺写的一组古体诗的第一首。吕祖谦在守丧期间，应学子要求在明招寺讲学。寺院坐北朝南，四周环山，或如龙伏，或如狮蹲，或如屏障，主峰巉岩陡峭，峰峦雄奇。诗人以寺僧随着鸟声的早鸣和梵钟的传声而作息，渲染了明招寺中宁静安闲的氛围。然后诗人描写了时光如流水般静静地逝去的场景，其后言诗人出门在山间散步之时，遍留松间屐齿痕迹。这首诗简洁自然，情景相融，风格淡雅，展现了诗人清新简朴、远离尘嚣的生活，借描写山寺之景表达了万物流转的道理。

登八咏楼有感

仲舒旧事无人记，家令风流一世倾。[1]

天下何曾识真吏，古来几许尚虚名。

（《东莱吕太史文集》卷一）

注 释

[1] 仲舒：即王仲舒，字弘中，并州祁县（今山西晋中）人。唐宪宗元和年间，任婺州刺史。原诗末有自注："王仲舒守婺有异政。"家令：指沈约，曾任南朝齐太子萧长懋家令。

赏 析

　　这是吕祖谦登览八咏楼后所作借古讽今的绝句。诗人以曾在金华任官的沈约和王仲舒作对比，直刺当时社会争名夺利的虚浮现象。诗人登上八咏楼，首先想到的自然是沈约太守，然而总感觉世风日下，不吐不快，因此又想起了另一位为金华人民做出不朽功绩的唐代婺州刺史王仲舒。诗人在起句中讲述了王仲舒为金华作出了巨大贡献，却无人感怀的事实。与之相反，沈约在东阳太守任上并无善政，而风流遗事却盛传不衰。结句认为天下人难以看清什么是真正的好官吏，爱慕虚名，对真正好的行为却没有关注。此诗是典型的咏史说理诗，对仗工整，别有一番风味，算得上是宋诗中的精品。

楼 钥

楼钥（1137—1213），字大防，又字启伯，号攻媿主人，明州鄞县（今浙江宁波）人。宋隆兴元年（1163）进士，次年授温州教授。乾道五年（1169）随仲舅汪大猷北上使金。淳熙十三年（1186）知温州，政事宽简。绍熙三年（1192），擢起居郎兼中书舍人，迁给事中。宁宗即位，论事忤韩侂胄，出知婺州（今浙江金华），后夺职致仕。侂胄诛，起为翰林学士，累迁签书枢密院事、参知政事。卒后赠少师，谥宣献。有《攻媿集》。

婺女极目亭 [1]

危楼雄据郡城东，扫尽秋云快碧空。

目力不容山隔断，诗情长与酒无穷。

先分楼下双溪水，高挹人间万里风。[2]

兴逸不知真近远，五弦声里送归鸿。[3]

（《楼钥集》卷六）

注　释

[1] 婺女：即婺女星。金华古称婺州，因位于婺女星分野而得名。

[2]高挹：这里形容极目亭之高，与万里风相互揖让。挹，拱手行礼。　[3]五弦：指琴。归鸿：归雁。诗文中多用以寄托归思。三国魏嵇康《赠秀才入军》诗："目送归鸿，手挥五弦。"

赏　析

　　这是楼钥登临极目亭远望之后所作的一首诗。诗人虽因忤逆权臣韩侂胄，出知婺州，但从这首诗的意境来看，诗人当时的心境还是比较舒朗的。诗人以爽快的笔调描述了当时的场景，层楼耸立，碧空无云。接着描写远望的情景，虽目力有限但还想看得更远，纵诗情万丈也须与酒同酬。然后诗人又将目光收回，楼下双溪碧水汇聚，长空万里，秋风送爽。此时一阵音乐弦奏声随风而至，一列大雁伴随乐声翩然远去，诗兴也随之直透碧霄。展现了诗人悠然自得，诗兴无穷，与天地相往来的境界。

辛弃疾

辛弃疾（1140—1207），字幼安，号稼轩，历城（今山东济南）人。辛弃疾出生在沦陷于金人之手的北方，目睹沦陷区人民的屈辱与痛苦，在青少年时代就立下了恢复中原、报国雪耻的志向。绍兴三十一年（1161），辛弃疾参加耿京领导的起义军，并担任掌书记。次年，辛弃疾奉命南下与南宋朝廷联络。他在完成使命归来途中，曾率领五十多人突袭敌营，擒杀叛徒。后官至浙东安抚使、镇江知府。有《稼轩长短句》。淳熙五年（1178），辛弃疾在大理少卿任上，因事途经东阳，留下《鹧鸪天》词作。

鹧鸪天 东阳道中[1]

扑面征尘去路遥，香篝渐觉水沉销。[2]山无重数周遭碧，花不知名分外娇。　　人历历，马萧萧，旌旗又过小红桥。[3]愁边剩有相思句，摇断吟鞭碧玉梢。[4]

（《辛弃疾集编年笺注》卷七）

注 释

[1] 原词题作"代人赋",《中兴绝妙词选》卷三作"东阳道中",据改。　[2] 香篝（gōu）：一种燃放香料的熏笼。水沉：名贵的香料沉香。　[3] 历历：形容行人队列分明可数的样子。萧萧：马的嘶鸣声。　[4] 碧玉梢：用宝玉装饰的鞭梢,形容马鞭华贵。

赏 析

  这首词大约写于淳熙五年,作者任大理少卿时期,因事赴东阳途中,见一支队伍行进在东阳山道中,有感而作。词人因何事奔赴东阳,史无可考。词中首句就写征途遥远,尘土飞扬,而随身的香笼随着时间的流逝香气变得越来越淡,以此说明这支队伍已经走过了很远的路途。词人接着将目光转向行军道路的周边,青山层叠,野花俏丽,于是心情大好。词的下片分述征途中的人和马,与上片首句呼应,用两个明快的叠词生动形象地描摹出军容严整的场景。此篇词作即景抒情,洋溢着喜悦欢畅的情绪,写眼前之景更是信手拈来,让人顿觉趣味无限。

陈 亮

陈亮（1143—1194），原名汝能，字同甫，学者称龙川先生，婺州永康（今浙江永康）人。才气超迈，喜谈兵。曾于孝宗乾道五年（1169）上《中兴五论》，不报。淳熙五年（1178），复诣阙上书，为大臣交沮。因性格刚烈，遭人嫉恨，先后三次入狱。绍熙四年（1193），参加礼部试，其策论深得光宗赏识，御批进士第一，授签书建康府判官公事，未行而卒。有《龙川文集》《龙川词》等。

贺新郎 寄辛幼安和见怀韵 [1]

老去凭谁说？看几番、神奇臭腐，夏裘冬葛。[2] 父老长安今余几？后死无仇可雪。犹未燥，当时生发。[3] 二十五弦多少恨，算世间，那有平分月。[4] 胡妇弄，汉宫瑟。[5]　　树犹如此堪重别，只使君、从来与我，话头多合。[6] 行矣置之无足问，谁换妍皮痴骨！[7] 但莫使，伯牙弦绝。[8] 九转丹砂牢拾取，管精金、只是寻常铁。[9] 龙共虎，应声裂。[10]

（《陈亮集》卷三九）

注 释

[1]辛幼安：即辛弃疾，字幼安。　[2]神奇臭腐：形容世事变幻，难以预测。《庄子·知北游》："所美者为神奇，其所恶者为臭腐。臭腐复化为神奇，神奇复化为臭腐。"夏裘冬葛：裘，指皮衣；葛，指布衣。此喻世事颠倒。《淮南子·精神训》："知冬日之箑，夏日之裘，无用于己。"　[3]犹未燥：胎毛未干，指婴儿时。　[4]二十五弦：指瑟。亦指哀怨的乐曲。　[5]"胡妇弄"句：指北宋为金人所灭亡，宫人器物为金人所掳掠。此处以胡喻金，以汉指宋。　[6]树犹如此：《世说新语·言语》："桓公北征，经金城，见前为琅邪时种柳，皆已十围，慨然曰：'木犹如此，人何以堪！'攀枝执条，泫然流泪。"意为时光飞逝，人生老去。使君：对州郡长官的尊称，指代辛弃疾。　[7]妍皮：俊美的外貌。痴骨：愚笨的内心。　[8]伯牙弦绝：指陈亮将辛弃疾引为知音。《吕氏春秋·本味》："钟子期死，伯牙破琴绝弦，终身不复鼓琴。"　[9]九转丹砂：传说中经九次炼制而成的仙丹，可以点石成金，服用成仙。此处比喻牢固坚定的抗金信念。　[10]"龙共虎"句：龙虎为道教炼丹中的术语，龙虎相会，鼎裂丹成。比喻抗金大业终得成功。或以龙虎比喻英雄豪杰，指英雄风云际会，共赴抗金大业。

赏 析

这是陈亮拜访辛弃疾后，回到永康寄给辛弃疾的一首词。淳熙十五年（1188）冬天，陈亮从永康单独策马到江西上饶铅山拜访辛弃疾，两人一见如故，相见恨晚，携手畅谈。辛弃疾写下《贺新郎·把酒长亭说》一词并序，感叹岁月渐长，抗金志愿难以实现的苦闷之情。陈亮回家后用辛词原韵和作此词，相互勉励，坚定抗金报国的决心。辛弃疾看到陈亮和作后，备受鼓舞，十分感动，再依原韵作词寄答陈亮，其中有"道男儿、到此心如铁。看试手，补天裂"句，表达了其坚定抗金的决心，挽救破碎山河的气概。

词的上片以首句"老去凭谁说"引发与辛弃疾对天下时局的讨论，概述令人悲愤的时事颠倒、复仇无望的内心苦楚。下片以树犹重别呼应上片，抒写与辛弃疾建立共同理想的真挚友谊，并坚持主张抗金，奋斗到底。陈亮熟读史书，善于用典，使词作的内容更为丰富。这首词表达了词人痛恨屈辱求和，反对南北分裂，渴望北伐中原的迫切愿望，也抒发了两人互为知己、共同战斗的真挚友情。

青玉案

武陵溪上桃花路。[1]见征骑，匆匆去。嘶入斜阳芳草渡。读书窗下，弹琴石上，留得销魂处。　落花冉冉春将暮。空写池塘梦中句。[2]黄犬书来何日许。[3]辋川轻舸，杜陵尊酒，半夜灯前雨。[4]

（《陈亮集》卷三九）

注 释

[1] 武陵溪：在今永康市芝英镇，从芝英八村流向芝英二村的一条河。　[2]"空写"句：南朝宋谢灵运《登池上楼》有"池塘生春色，园柳变鸣禽"句，写病中不知不觉春已将逝。诗人借谢诗以感慨岁月的流逝。　[3] 黄犬：原指晋陆机的黄耳犬，后作为信使的代称。晋祖冲之《述异记》载，陆机有犬曰黄耳，曾为陆机长途传递书信。　[4] 辋川：水名，在今陕西蓝田。唐代诗人王维曾于辋川置别业，写下了不少反映隐居生活的诗篇。杜陵：在今陕西西安东南，汉宣帝筑陵于东原上，因名杜陵，并设杜陵县。唐代大诗人杜甫祖籍杜陵，自称杜陵野老。后人即以杜陵指称杜甫。

赏 析

这首词大致为陈亮中年之作。开篇描写了在暮春时节，武陵溪旁路上桃花零落，征骑匆匆，渡口斜阳，呈现一幅幽静而略带伤感的画面。词人又想起了曾经的读书弹琴处，不觉黯然神伤。一朵落花将思绪带到下片，感叹时不我与。未能接到任何书信，未能出仕报国，只能如同隐居的王维、漂泊的杜甫一般，寄情山水，饮酒消愁，夜半无眠，孤灯寂寥，听着窗外春雨霖霖。整首词触景生情，情景交融，词人叹胸中才华抱负无从施展，只有终老乡里。与其好友辛弃疾"却将万字平戎策，换得东家种树书"诗句情境相通。

马之纯

马之纯（1144—?），字师文，号野亭，婺州东阳（今浙江东阳）人。隆兴元年（1163）登进士第，授福州司法参军。庆元年间，任江南东路转运司主管文字，秩满，授静江府通判，未赴，卒于家。曾受知张栻，潜心经籍，究极六经诸子百家。有《周礼随释》《左传类编》及诗文集等。

沈约宅

饱观明月双溪水，遍倚清风八咏楼。

但见遗踪留婺女，安知故宅在升州。[1]

文章至好虽堪羡，节行全亏亦可羞。

看得齐梁相禅际，只宜称隐不称侯。[2]

（《宋诗拾遗》第二册卷一九）

注　释

[1] 升州：唐乾元元年（758），改江宁郡（今江苏南京）为升州。这里指齐梁时期的都城建康，沈约曾在建康东田建宅，瞩望郊阜，作《郊居赋》。　　[2] 齐梁相禅：502年，南朝齐梁禅代，齐和帝萧宝融将皇

位让与梁王萧衍。萧衍正式在建康称帝，定国号为梁。称隐：据《梁书·沈约传》载，沈约去世后，有司拟其谥曰文，梁武帝萧衍曰："怀情不尽曰隐。"故改谥号为隐。

赏　析

　　这是诗人游览沈约东阳太守旧宅有感而作的一首咏史诗。诗人首联化用严维的诗句，点明金华的山水名胜，引出沈约在东阳的遗迹。颔联则说沈约在金华任上创作的诗篇传诵至今，而其在南京的古宅遗迹已被人遗忘。颈联则笔锋一转，说沈约的诗文成就固然令人羡慕和称道，然而其在政治上随波逐流，令人感到羞愧。在南朝齐梁禅代之后，梁武帝给沈约定的谥号是"隐"，后世"沈隐侯"之称由此而来。尾联"隐"字一语双关，既指代沈约谥号"隐"，也暗叹沈约若在齐梁禅代之时"称隐"急流勇退，或可文行双美。然而沈约却贪恋政治权位，亟劝萧衍称帝，欲加官晋爵，终被权力反噬，忧惧而死。诗人在慨叹历史的同时，也隐隐自喻，不贪恋仕途，保全名节。

叶 適

叶適(1150—1223),字正则,号水心,温州永嘉(今浙江温州)人。叶適出身贫寒,十一岁时师从理学名儒陈傅良。淳熙五年(1178)中进士,授平江节度推官。历官尚书左选郎官、湖南转运判官、知建康府兼沿江制置使。开禧北伐时,因力主抗金,为韩侂胄所重。后侂胄被诛,夺职奉祠凡十三年,杜门著述。以宝文阁学士致仕,卒谥忠定。主张功利之学,反对空谈性命,为永嘉学派之巨擘。有《水心先生文集》《习学记言》等。叶適曾游学于婺州各县之间,与永康陈亮成为莫逆之交,多有书信论学、诗词唱和之作。

陈同甫抱膝斋二首(其一)[1]

昔人但抱膝,将军拥和銮。[2]

徒知许国易,未信藏身难。

功虽愆岁晚,誉已塞世间。

今人但抱膝,流俗忌长叹。

儒书所不传,群士欲焚删。[3]

讥诃致囚棰,一饭不得安。[4]

珠玉无先容,松柏有后艰。[5]

内窥深深息,仰视冥冥翰。

勿要两髀消,且令四体胖。[6]

徘徊重徘徊,夜雪埋前山。

(《叶適集》卷六)

注　释

[1]陈同甫:即陈亮,字同甫。抱膝斋:陈亮的书斋名。抱膝,以手抱膝而坐,有所思的样子。三国魏鱼豢《魏略》:"(诸葛亮)每晨夕从容,常抱膝长啸。"陈亮胸有经世之才,抱匡时救弊之志,故以诸葛亮自况,为新建之室取名"抱膝斋"。　　[2]和銮:亦作"和鸾",指古代车上的铃铛,是华丽的车饰。　　[3]"儒书"句:指代秦始皇焚书坑儒的故事。指陈亮上书为世所忌。　　[4]囚棰:囚禁,鞭刑。指陈亮受诬入狱,遭受刑逼。　　[5]"松柏"句:比喻君子经受困难折磨,而坚忍不拔。《论语·子罕》:"岁寒,然后知松柏之后凋也。"　　[6]两髀(bì):两侧大腿骨。此处反用"髀肉复生"典故,三国时刘备感叹自己因长久不骑马,大腿肉又长起来了。后用以形容人长久安逸,无所作为。胖(pán):安泰舒适。《礼记·大学》:"富润屋,德润身,心广体胖,故君子必诚其意。"

赏　析

淳熙十一年（1184），陈亮出狱后锐气未减，志气更旺，新建了一所庭院，以诸葛亮抱膝长啸的故事取名"抱膝斋"。叶適闻之，前往探视，并作诗以赠。诗篇以古人抱膝的典故开篇，讲述人生的追求，也讲到了在追求理想目标时将会遇到的困难和阻碍，对陈亮遭诬陷而入狱表示同情。接着叶適以珠玉和松柏的经历勉励陈亮，深藏山间的美玉必先磨砺方得耀眼的光芒，挺立崖顶的松柏须得经受风霜的考验。最后宽慰朋友保重身体，哪怕人生道路暂遇险阻，徘徊不前，也终将像山前夜雪一样消融。这首诗反映了叶適与陈亮之间的深厚友情，以及互相勉励共渡难关的情怀。

蜂儿榧歌 [1]

平林常榧啖俚蛮，玉山之产升金盘。

洞中一树断崖立，石乳荫根多岁寒。

形嫌蜂儿尚粗率，味嫌蜂儿少标律。

昔人取急欲高比，今我细论翻下匹。

世间异物难并兼，百年不许赢栽添。

余甘何为满地涩，荔子正复漫天甜。[2]

浮云变化嗟俯仰，灵芝醴泉成独往。

后来空向玉山求,坐对蜂儿还想象。[3]

(《叶適集》卷七)

注 释

[1]蜂儿榧:金华东阳和磐安的特产香榧。原诗小序曰:"石洞有蜂儿榧,名于果中久矣,且只一本,别无生者,恐异日失其传也,故为歌以记之。"宋代严有翼《艺苑雌黄》:"婺之东阳县,所生榧子香脆与它处迥殊。"蜂儿榧即是这一特产中的名品。 [2]余甘:指入口酸涩,回味甘甜。荔子:即荔枝。 [3]玉山:在今磐安县,原属东阳市。

赏 析

叶適曾主讲东阳石洞书院,对当地的特产香榧早有耳闻。而其中一款被称为蜂儿榧的香榧更让叶適情有独钟,故以诗记之。诗人从蜂儿榧的生长环境开始,一直写到它的外形和味道。从诗人描述中可以得知,蜂儿榧产自静僻的深山之中,然而品相粗陋,加之初尝涩口,不为世人所重视,于是诗人有"世间异物难并兼"一说。但原本粗陋的果子经过加工后成了美味的珍品,最后达到"空向玉山求"的状态。诗人以这首诗介绍了蜂儿榧的鲜美品质,也阐述了世间万物不能以貌取之的道理。北宋时苏东坡在品尝玉山香榧后,也留下了"物微兴不浅,此赠毋轻掷"的诗句,两者的立意是一致的。

刘 过

　　刘过（1154—1206），字改之，号龙洲道人，生于吉州太和（今江西泰和），长于庐陵（今江西吉安）。四次应举不中，流落江湖之间，布衣终身。与辛弃疾、陆游、陈亮等人交往密切，与刘克庄、刘辰翁享有"辛派三刘"之誉，又与刘仙伦合称"庐陵二布衣"。有《龙洲集》《龙洲词》。刘过与金华东阳的许复道深交，南宋庆元五年（1199），刘过应许复道之邀，游历东阳。

寓东阳（其二）

不学老无似，艰难却饱谙。

还从陶靖节，来访杜征南。[1]

意到羹莼适，贫犹食荠甘。[2]

惜无庐可卧，尚绕鹊枝三。[3]

（《龙洲集》卷七）

注　释

[1]陶靖节：即陶渊明，死后私谥靖节。杜征南：即杜预，因平吴有功，死后被追赠为征南大将军。　[2]羹莼：用莼菜烹制的羹。后用作思

乡归隐之典。《晋书·张翰传》载,张翰因见秋风起,乃思吴中菰菜、莼羹、鲈鱼脍,有归隐故里之思。荼:荼菜。《诗经·谷风》:"谁谓荼苦,其甘如荠。"后以食荼指代贫士、隐士。 [3]"尚绕"句:化用汉末曹操《短歌行》"月明星稀,乌鹊南飞。绕树三匝,何枝可依"句意。

赏　析

　　这是刘过寓居东阳时写的诗。由于诗人生平坎坷,四海为家,在许复道的邀请下来到东阳,受到了盛情款待,并游历了涵碧亭和石洞书院等景点。诗人首先自谦自己学无所成、饱受艰辛的人生,然后以陶渊明自况,意欲归隐田园。同时,将友人许复道比作杜预,来东阳拜访他。又用莼羹、荼菜表示自己的安贫乐道,但是却仍感到漂泊无依,似绕树之鹊鸟。这首诗反映了诗人随遇而安的生活态度,以及对友人的感念之情。

乔行简

乔行简（1156—1241），字寿朋，学者称孔山先生，婺州东阳（今浙江东阳）人。早年受学于马之纯，后从吕祖谦学。绍熙四年（1193）进士，历任监司及州府官，累迁参知政事，知枢密院事，后加少师、保宁军节度使，封鲁国公。卒谥文惠。有《周礼总说》《孔山文集》。

游三丘山[1]

疑是乘风到九天，不知身在此山巅。

万家攒簇炊烟底，一水萦纡去鸟边。

便觉尘缘轻似羽，何妨诗思涌如泉。

停杯更待林梢月，归去家僮想未眠。[2]

（《宋诗纪事》卷五八）

注 释

[1] 三丘山：东阳城南岘山之古称，即今东岘峰、西岘峰及甑山。

[2] 家僮：旧时对私家奴仆的统称。

童之风　远山晴多图

赏 析

  这是乔行简在家乡东阳三丘山登高所作之诗。开篇气势豪迈,诗人登山犹如扶风而上,轻身攀上山巅。接着描写在峰顶俯瞰之景,万家积聚,炊烟袅绕,一水徘徊,雀鸟飞还。此时此景,诗人似有超脱尘世羁绊、轻盈飞腾之意,更是诗兴泉涌。虽然天色渐晚,但游兴不减,欲在山间举杯待月,尽兴而返,想是童仆未入眠在等待诗人回家。全诗意境宽广深远,语言流畅自然,展现了诗人超凡脱俗的精神追求和对大自然的赞美之情。

何 基

何基（1188—1268），字子恭，号北山，婺州金华（今金华市婺城区）人。少受业于黄榦，学习朱子理学。淳固笃实，从学者众。淳祐四年（1244），知婺州赵汝腾延主丽泽书院，辞不就。咸淳初，授史馆校勘兼崇政殿说书，特改承务郎，主管华州西岳庙，使食其禄，皆不受。卒谥文定。编有《大学发挥》《中庸发挥》等。

缴回太守赵庸斋照牒[1]

闭关方喜得幽栖，何用邦侯更品题。[2]
自分终身守环堵，不将一步出盘溪。[3]

（《何北山先生遗集》卷二）

注 释

[1]赵庸斋：即赵汝腾，字茂实，号庸斋，曾任婺州知州，与何基同受业于黄榦。照牒：宋代一种证明身份的官方文书。　[2]品题：评论人物，定其高下。　[3]环堵：四面围绕土墙的狭屋。形容狭小、简陋的居室。盘溪：何基居所附近的溪流，在今罗店镇后溪河村。

赏　析

　　何基的这首诗是谢绝金华主政官赵汝腾的邀请。此时诗人在故乡金华山南麓的盘溪闭门读书，致力于理学钻研。金华地方长官几度邀请他主讲丽泽书院并出任山长，均未果。淳祐四年，赵汝腾出任金华太守，以同门兼知州的身份出面邀请何基主讲书院，何基依然予以回绝。何基在诗中表明自己喜欢闭门幽居，不须得到官方的认可或评定，而且会终生坚守陋室，不愿出盘溪一步。表明了诗人不追求利禄、清贫乐道的坚定信念。

宋　阎次于　松壑隐栖图

王　柏

　　王柏（1197—1274），字会之，号鲁斋，婺州金华（今浙江金华）人。从何基学，曾受聘主金华丽泽书院、天台上蔡书院。卒谥文宪。为学质实坚苦，高明绝识，为一代大儒，是金华"北山四先生"之一。有《鲁斋集》。工诗善画，所著《诗十辩》是南宋《诗经》研究的重要成果，至今对诗词的研究仍具有一定的影响。

重题八咏

楼压重城万井低，星从天阙下分辉。[1]

伤心风月诗应瘦，满眼桑麻春又肥。

山到东南皆屹立，水流西北竟同归。[2]

倚阑莫问齐梁事，断石凄凉卧落晖。[3]

（《鲁斋集》卷二）

注　释

[1]重城：古代城市在外城中又建内城，故称。万井：千家万户。　[2]水流西北：金华江自东流向西北，在兰溪与衢江汇合成兰溪江后向北继续奔流。　[3]齐梁事：指沈约故事。

赏 析

从这首诗的沉稳老练风格来看,应该是王柏后期的作品。开篇描写登楼所见景物,以重城和万井之低突出八咏楼的高,以星宇分辉增添古城的色彩。然后诗人以多年来的人生经历讲述在层楼上的感受,并描写了登楼后所见的远近风光。最后在八咏楼的倚栏处,诗人发出了时光易逝、万事成荒的感叹。诗人早年曾作《八咏新楼》诗,其中有"争观王谢新题壮,不数齐梁旧事荒。谁识倚阑真乐处,清风明月朗篇章"之句。与之前题写八咏楼的诗充满激情奔放的感情相比,这首晚年所作立意苍茫悠远,语言凝练浑厚,写景与咏史结合,浑然一体,更显诗人功力。

金履祥

金履祥（1232—1303），字吉父，号次农，学者称仁山先生，婺州兰溪（今兰溪市黄店镇）人。少有经世志，博览群书。拜同郡王柏、何基为师，治朱子理学。德祐初，朝廷以迪功郎、史馆编校召，坚辞不出。宋亡，隐金华山中，训迪后学。有《大学疏义》《仁山集》等。曾受邀讲学于严州钓台书院、金华丽泽书院、兰溪齐芳书院和重乐精舍，后又在兰溪城内小天福山开设仁山书院讲学。

朝真洞[1]

洞府高深对月开，长疑底里闵龙雷。[2]

天窗不照人间世，限尽游人自此回。[3]

（《仁山文集》卷二）

注 释

[1]朝真洞：金华山著名的岩洞之一，在冰壶洞之上，相传为仙人黄初平修炼之处。　[2]龙雷：比喻瀑布倾泻轰鸣之声。　[3]天窗：洞穴景观，指岩洞顶部的自然孔洞，又称一线天。

赏 析

这是金履祥游历金华山之后所作《洞山十咏》诗之一首,写出了朝真洞寥廓且深幽的环境。诗人深入洞中游览,因光线不足而洞府内昏暗,无法前行,表达了不得尽兴而返的遗憾。

明　沈周　松雪石洞图(局部)

方　凤

方凤（1240—1321），字韶卿，一字景山，号岩南，婺州浦江（今浙江浦江）人。宋末入太学，应礼部试不第，后以恩授容州教授，因宋亡未赴。后隐于仙华山，名其斋为存雅堂，世称存雅先生。有《存雅堂遗稿》。

游仙华山 [1]

仙华矗万仞，我乃庐其东。

日夕与山对，今兹踏玲珑。

起左信奔鹿，当前任啼狨。[2]

大啸崖石裂，一览天宇空。

苍松饱风雨，绝壁挂老龙。

樵斧不得睨，抚根憩吾躬。

邈哉轩辕氏，问道由崆峒。[3]

龙髯一以远，千载悲遗弓。[4]

犹传少女灵，炼玉于焉宫。[5]

山林重帝胄，香火明民衷。

我来重怀古，揽涕临西风。

何当刺飞流，一洗磊魂胸。[6]

(《存雅堂遗稿》卷一)

注　释

[1]仙华山：浙江名山，浦邑第一胜景，在今浦江县城浦阳镇北约七千米处。　　[2]啼㺐(róng)：在林中恣意啼叫的猿猴。　　[3]轩辕氏：即黄帝，居轩辕之丘，号轩辕氏。崆峒：传说黄帝曾登崆峒山，向仙人广成子问道。借指仙山。　　[4]龙髯：龙须。传说黄帝得道，骑龙升天时，近臣不忍离别，纷纷攀爬抓住龙须，使得黄帝之弓也随之落下。　　[5]少女：指黄帝之女。传说黄帝少女曾在仙华山修炼，后得道升仙。　　[6]磊魂(kuǐ)：众石累积的样子，喻胸中不平之气。

赏　析

南宋覆亡后，方凤隐入故乡的仙华山中，与一群南宋遗老诗词歌咏，或出游名山大川，这首五言古诗就是他隐逸仙华山时所作。诗人从仙华山的雄姿入手，描述了仙华山的壮丽风景，并结合仙华山的神仙传说展开丰富联想。最后表达了作为南宋遗民的悲愤和无奈，欲借飞瀑流泉，浇洗胸中的愁郁。方凤的这首诗代表了当时南宋遗民普遍的思想感情。

鲜于枢

鲜于枢(1246—1302),字伯机,号困学民、西溪子等,渔阳(今天津市蓟州区)人。元至元二年(1265)以后,鲜于枢先后辗转于汴梁、扬州、杭州、金华等地,担任一些中下级官职。至元十九年后,定居杭州,筑困学斋。大德三年(1299),在金华任上去职。大德六年,授以太常寺典簿,未及到任,逝于杭州。有《困学斋集》。

念奴娇 八咏楼

长溪西注,似延平双剑,千年初合。[1]溪上千峰明紫翠,放出群龙头角。潇洒云林,微茫烟草,极目春洲阔。[2]城高楼迥,恍然身在寥廓。　　我来阴雨兼旬,滩声怒起,日日东风恶。须待青天明月夜,一试严维佳作。[3]风景不殊,溪山信美,处处堪行乐。休文何事,年年多病如削。[4]

(《词综》卷二九)

注　释

[1] 延平：延平津。《晋书·张华传》载，张华望丰城有剑气，乃以雷焕为丰城令，焕掘得龙泉、太阿双剑，一与华，一自佩。华、焕死后，焕子持剑经延平津，剑从腰间跃出堕水，化为二龙而没。此处用以形容金华双溪汇合。　[2] 春洲：指金华双溪之上的燕尾洲。　[3] 严维佳作：指唐严维《送人入金华》诗作。　[4] 休文：指沈约，字休文。沈约体瘦多病。

赏　析

此为鲜于枢登临八咏楼咏景怀古之作。上片开头五句，写从兰溪到龙游路途的险峻形势，用延平津双剑化龙的典故，使词的意境增添了神奇的色彩。"群龙头角"，比喻山峰突兀峥嵘，生动传神。"潇洒云林"五句，写登高远眺之景，境界开阔。"身在寥廓"写幻觉，极言楼高，亦写自己胸襟开朗。上片记叙登楼，用比喻手法，表达词人之心情。下片实写词人到金华以后的日子，"阴雨兼旬，滩声怒起，日日东风恶"。"须待"二句，以虚笔写景，衬托作者旷达的情怀。末尾反问太守沈约，面对金华如此山川美景，为何病瘦如削，亦是反衬诗人自己的乐观。全词善于描景绘境，情寓其中。以开阔壮美之景，正反结合展现了词人的豁达襟怀，有别于单纯写景咏物之作。

谢　翱

　　谢翱（1249—1295），字皋羽，晚号晞发子，祖籍长溪（今福建福州），后迁居浦城（今福建南平）。少时赴临安参加进士科考，不第，弃举子业，遂回故里。南宋德祐二年（1276），元军攻陷南宋都城临安后南下。谢翱在家乡组织乡兵数百人到南剑州（今福建南平）投奔文天祥，任谘议参军，转战于闽西龙岩、广东梅县、江西会昌等地。后文天祥兵败，谢翱脱身潜伏民间，避地浙东。后流寓浦江，与方凤、吴思齐等结社，有诗词酬唱。有《晞发集》。

八咏楼

　　江山此愁绝，寒角梦中吹。
　　飞鸟过帆影，游尘空戟枝。
　　水交明月动，槎泭故州移。[1]
　　已薄齐梁士，犹吟沈约诗。

（《晞发集》卷七）

注　释

[1] 槎泭（fù）：竹筏漂流在水面。

赏　析

谢翱抗元失败,寓居金华浦江时,复国的壮志一直未能消去,于是就带着怀念故国的心情登上八咏楼。诗人以梦中寒角入手,暗喻一个朝代的逝去。眼前所见飞鸟、帆影,或是明月、沙洲,皆是一片伤心之景。虽然鄙薄南朝齐梁时无大义节操的士人,但还是不免吟咏沈约的《八咏诗》,表达了诗人对故国的追念和心中的落寞之情。

元　盛懋　江天帆影图

赵孟頫

赵孟頫(1254—1322),字子昂,号松雪道人,吴兴(今浙江湖州)人。宋太祖赵匡胤十一世孙,宋末以父荫任真州司户参军。至元二十三年(1286),应召入朝,官至翰林学士承旨。工书画,在诗文方面也有很高成就,备受世人推崇。有《松雪斋文集》。赵孟頫曾任江浙等处儒学提举,在此期间曾到过金华等处。

东阳八咏楼

山城秋色净朝晖,极目登临未拟归。
羽士曾闻辽鹤语,征人又见塞鸿飞。[1]
西流二水玻璃合,南去千峰紫翠围。
如此山川良不恶,休文何事不胜衣。[2]

(《赵孟頫集》卷四)

注 释

[1]辽鹤:指辽东丁令威得仙化鹤归里故事。晋陶潜《搜神后记》载,辽东人丁令威,学道后化鹤归辽,徘徊空中而言曰:"有鸟有鸟丁令威,去家千年今始归。" [2]休文:指沈约。

赏 析

赵孟頫曾任江浙儒学提举,约在大德年间到金华。诗人登临八咏楼,四面眺望金华山川美景,秋色澄净通透,登高远眺,心中思绪万千。山中修炼的羽士,思乡未归的征人,种种联想涌上心头。再回到现实,面对双溪水流如玻璃般平缓流淌,远处千峰竞秀,诗人不禁感叹,面对如此的山川形胜,曾经的太守沈约为何还愁苦消瘦得不堪着衣呢?以之反衬诗人登临八咏楼,观览美景后的畅快心情。

宋　赵伯驹　江山秋色图(局部)

袁 桷

袁桷(1266—1327),字伯长,号清容居士,鄞县(今宁波市鄞州区)人。举茂才异等,起为金华丽泽书院山长。元成宗大德初,荐授翰林国史院检阅官。进《郊祀十议》,礼官推其博,多采用之。升应奉翰林文字、同知制诰,兼国史院编修官。官翰林侍讲学士。元泰定初辞归。卒谥文清。有《清容居士集》等。

忆双溪

清溪明处水交流,万井鳞鳞冠盖稠。
杯凝玉光明月入,幕遮翠影落花留。
云生古洞千山雨,风送层楼万壑秋。
丽泽祠前最佳绝,藕花零乱胜沧洲。[1]

(《袁桷集校注》卷一二)

注 释

[1] 丽泽祠:即丽泽书院,为南宋大儒吕祖谦于乾道四年(1168)创建,原址位于今金华城区曹家巷。沧洲:滨水之处,古时常用以称隐士的居处。

赏　析

　　这是袁桷入朝为官后回忆金华双溪而写的一首七律。袁桷在弱冠之年就显示了非凡的才华，年纪轻轻就出任了金华丽泽书院山长，在金华生活多年。诗人首先描述了记忆当中的金华胜景，双溪交汇，万井稠密，既描绘山川形胜，又点染市井繁华。然后诗人思念起在金华很有诗意的片刻，明月入杯，落花留痕。于是诗人把回忆的思绪放得更远，云雨古洞，快风层楼。诗人最怀念的还是丽泽书院，毕竟在此担任书院山长多年，连书院前的零乱荷花都胜过世外桃源的美景，表达了诗人对金华的深厚感情。

宋　张敦礼（传）　松壑层楼图（局部）

许　谦

许谦（1270—1337），字益之，号白云山人，婺州东阳（今浙江东阳）人。元代著名学者，"北山四先生"之一。幼年丧父，虽家中贫寒，然努力向学，孜孜以求，后闻金履祥在兰溪讲学，只身前往，拜金履祥为师，尽得其奥。教授乡里，不应辟举。居东阳八华山，学者争往从之。四方之士，以不及门为耻。卒谥文懿。有《白云集》等。

游智者寺（其一）

风日景飕飕，松阴系紫骝。[1]

白云千载寺，黄叶四山秋。

地胜楼台接，林深虎豹游。

人生自可乐，此外复何求。

（《许谦集·许白云先生文集》卷一）

注　释

[1] 紫骝：古骏马名，泛指马匹。

赏 析

这是许谦游览金华山南麓智者寺之后所作的一首五言律诗。首句就交代了诗人在一个凉风习习的秋日,骑马前往智者寺,到了之后就将马匹拴在松树之下。诗的颔联就是四周景色给诗人留下的第一印象,白云衬托了千年古寺,黄叶染遍了四围山色。在诗的颈联,诗人就展开了联想,或许是这里环境清幽,楼台林立,想象周围的深山必有虎豹的游踪。对于眼前如此美好的场景,诗人在结句说出了"此外复何求"的心愿。

元　佚名　秋山图(局部)

柳　贯

　　柳贯（1270—1342），字道传，自号乌蜀山人，婺州浦江（今其地属浙江兰溪市横溪镇）人。早年受学于金履祥和方凤。元大德四年（1300）察举为江山县教谕，数年后升迁为昌国州学正。延祐六年（1319）任国子助教，旋升博士，凡朝廷大典，必酌以古今而论定，人皆服其精审。泰定三年（1326），出任江西儒学提举，秩满归乡，杜门不出十余年，讲学授徒，读书著述，沉潜于理学。至正元年（1341），为翰林院待制兼国史院编修官，次年病逝于大都（今北京）。有《柳待制文集》。

东岭秋阴 [1]

半里官桥出市阛，一团秋色破孱颜。[2]

云开浩荡初疑曙，日出苍凉不见山。

断雁残鸿飞杳杳，绿芜红叶映斑斑。

去年菊蕊今年发，拾得篱边句子还。

（《柳贯集》卷五）

注 释

[1]诗题原注:"县东东山岭,平林广野,秋常多阴。" [2]市阛(huán):环绕市场的墙,借指街市。

赏 析

  本诗为《浦阳十咏》诗之一首。浦阳城东,有仙华山余脉蜿蜒而来,名曰龙峰山。龙峰之北有东山岭,古木参天,群山环绕,山花含露,石径通幽,此景被誉为东岭秋阴。柳贯久闻景致之名,于秋日出游此地。诗人开门见山点明景点位置和秋日远望山景,然后深度描写东岭遮天蔽日的葱茏树木。接着分头描述在此地还能看见天空迁徙的大雁,还有覆盖在恣意生长的杂草之上的红叶。虽离街市不远,但独具僻静之幽,诗人满心欢喜,于是想起了篱边的秋菊,吟得一句咏菊诗句,满意而归。这首诗反映了诗人淡泊名利,对宁静生活的追求。

黄　溍

　　黄溍（1277—1357），字晋卿，婺州义乌（今浙江义乌）人。元延祐二年（1315）登进士第，授台州宁海丞。至顺二年（1331）因荐入京，为应奉翰林文字、同知制诰，兼国史院编修，后转国子博士。至正八年（1348），除翰林直学士、知制诰，同修国史，寻兼经筵事。至正十年，致仕归故里。卒谥文献。有《金华黄先生文集》。

过乌伤墓[1]

丹青像设始何年？翁仲遗墟自古传。[2]

时有北人来下马，不知秦树几啼鹃？

牧童昼卧看碑路，野衲春耕祭墓田。[3]

回首长安西日外，茂陵松柏正苍烟。[4]

（《黄溍集》卷四）

注　释

[1] 乌伤墓：也称为颜乌墓，为纪念孝子颜乌而建，义乌地名也由此而来。在今义乌市孝子祠公园内。　　[2] 翁仲：墓前的石人。

[3] 野衲：山中的僧人。祭墓田：耕种产出用于祭祀费用的田地。　[4] 茂陵：汉武帝刘彻陵墓，位于今陕西咸阳。

赏　析

　　颜乌葬父是先秦的一则传说，秦王政二十五年（前222）置县，乌伤之名即源自于此，金华地方旧志中素有"八婺肇基""婺凡八邑，建自秦汉者，必首乌伤"等记载。黄溍是土生土长的义乌人，对颜乌的孝德故事自小耳闻，于是在路过时写下此诗。诗人在首句就点明墓地破败不堪的景象，已成一片废墟，只有不知设于何年的石像依旧伫立。偶尔有外地游客下马拜谒，此外只有老树上的啼鸟，墓边的祭祀田地已被附近山中的僧人耕种。诗人见到如此萧条的乌伤墓，不禁感叹世事沧桑，历史变迁，如同汉武帝般的伟大人物，皆已化为尘土，只有陵冢之上的苍松翠柏葱郁如烟。

陈 樵

  陈樵（1278—1365），字君采，号鹿皮子，婺州东阳（今浙江东阳）人。幼承家学，稍长即师从李直方。李直方也是东阳人，是南宋末年的学者，因宋亡而归隐。陈樵深受李直方的影响，决意摒弃仕途，以读书著述自娱，于是他隐于东白山银谷洞少霞洞中，而且常年身披鹿皮衣，故自号鹿皮子。为文新逸超丽，有《鹿皮子集》。

金华通天洞[1]

石扉高映碧芙蕖，二室联翩逼翠虚。[2]

字里苍苔犹自活，茶边寒木易成枯。

吴中太白争华地，林下青猨化石余。[3]

三洞周回五百里，金堂石室尽仙都。

（《鹿皮子集》卷四）

注 释

[1] 通天洞：古岩洞，在金华山。今已不存。　[2] 芙蕖：即芙峰山，亦称尖峰山。在金华城北，是登临俯瞰金华的最佳点之一，自古是金

华人的精神象征。　　[3]青羱（yuán）：古书上说的一种大角野生山羊。此处化用仙人黄初平叱石成羊故事。

赏　析

　　通天洞是金华山的一处古洞，今已不存，陈樵当时尚能游览其中。诗人首句就描写了通天洞的壮景，石门高耸，洞府相连，几近芙峰山巅。如此看来，通天洞的洞口应正面对着尖峰山。诗人接着细致描述洞口内外的景色，苔藓苍苍，寒木萧萧，星宇争华，灵羊化石，年代久远，旧迹苍茫。诗人接着把视线放到远处，尽情地赞美金华山绝美的洞天奇观。

清　董诰　洞天蔚秀图（局部）

胡 助

胡助（1278—1355），字古愚，号纯白道人，婺州东阳（今浙江东阳）人。好读书，有文采。举茂才，后经举荐任建康路儒学学录。用荐改翰林国史院编修官，升修撰，后以太常博士致仕。有《纯白斋类稿》。

赤松宫

万树烟霞一水迂，叱羊福地即蓬壶。[1]

林泉松石到今别，兄弟神仙自古无。

山骨莓苔长是润，岩腰芝草不曾枯。

桃源小有更奇绝，铁笛数声秋月孤。[2]

（《纯白斋类稿》卷一〇）

注 释

[1]蓬壶：即蓬莱，古代传说中的海上仙山。　[2]铁笛：铁质的笛管，相传隐者、高士善吹此笛，笛音响亮非凡。

黄宾虹　金华山赤松宫图

赏　析

　　这是专门描写当时金华山赤松宫景物的诗。今天的赤松宫旧址已被水库淹没，迁址鹿田另建黄大仙祖宫，在旧址上方重建赤松道院。诗人所描写的万树烟霞今天依然历历在目，而一水迂回已换成了一顷碧波，当然犹似蓬莱仙境的叱羊福地还是完好如初。诗人还从泉水远去惜别松石，联想到修炼成仙的黄初平兄弟，更是以山间的莓苔和芝草感怀岁月的久远。而在这漫漫长夜中，悠扬的铁笛声一直未曾远去。诗人用这数声铁笛表达自己独守孤寂的隐逸之心，以及对赤松宫及周遭景物的留恋和喜爱。

吴师道

吴师道（1283—1344），字正传，婺州兰溪（今浙江兰溪）人。少时拜金履祥为师，与许谦、柳贯等为同窗好友。元至治元年（1321）中进士，授高邮县丞，后调宁国路录事，迁池州路建德县尹，皆有惠政。召为国子助教，寻升博士，以礼部郎中致仕。有《吴礼部诗话》《敬乡录》等。

次韵黄晋卿清明游北山十首（其一）[1]

千峰烟雨乱峥嵘，中涌芙蓉一朵青。

想见登高能赋客，吸呼山气聚英灵。

（《吴师道集》卷九）

注 释

[1] 黄晋卿：即黄溍，字晋卿。

赏 析

这是吴师道次韵友人黄溍游金华山诗，为吟咏金华尖峰山景色的一首绝句。尖峰山因其峻峭如尖而得名。诗人观赏雨后的群山,烟雾迷蒙,掩盖群山,而其中的尖峰山如出水芙蓉一般,涌现在云雾之上。后两句表明友人登山游览赋诗,在山上仿佛能感受到弥漫的山气,皆为英灵钟聚之气,以比喻友人的才情诗格高超。

元 高克恭 林峦烟雨图(局部)

吴 莱

吴莱（1297—1340），字立夫，婺州浦江（今浙江浦江）人。自幼聪敏好学，过目成诵，有"神童"之誉。后从学于方凤，博极群书。元延祐七年（1320），被荐为礼部编修。后因与礼部官员不合，退居家乡浦江的深袅山中，自号深袅山道人，潜心读书著述。御史行部，以茂才荐，署饶州路长芗书院山长，未行，得疾而卒。门人宋濂等私谥曰"渊颖先生"。有《渊颖吴先生集》。

仙华岩雪

手倚晨屃一渺漫，山神拥出玉巑岏。[1]

光侵道者祠星室，迹破樵家斫药坛。[2]

石笋撑空穿宿暝，天机织素挂余寒。[3]

俄然唤醒西南梦，怕作松州徼外看。[4]

（《吴莱集·吴莱诗集》卷一〇）

元　黄公望　九峰雪霁图

注　释

[1] 晨扃（jiōng）：被曙光照射的门户。巉岏（cuán wán）：陡峭险峻的山峰。　[2] 祠星室：据东阳旧志记载，少女峰下旧时有祭祀黄帝少女的坛宇。　[3] 天机：仙华山最高峰上有异草如丝缕状，生于悬崖峭壁之上，旧传为仙女所种苎麻遗种，故当地人视为纺织之祥。　[4] 松州：古县名，今在四川松潘。其县城东八十里有雪山，常年积雪。

赏　析

　　这是吴莱所作赞美家乡的《浦阳十景》诗之一首。首句展示了仙华山迷幻而清虚的气势，更以山神之名隆重推出玉石般雄伟峻峭的山峰。然后诗人以超强的想象力细细描写仙华山的仙迹和景色，无论是雪色的寒光照遍了祠宇，还是砍柴的樵夫误闯了仙坛，冲天的石笋依旧撑立，悬崖峭壁上倒垂的异草如缕缕丝线，仿佛在夜空中织就一幅巨大的素练。诗人的想象到此意犹未尽，甚至联想到西南的雪山景色，与此时仙华山雪景颇有相似之处。从这首诗可以感受到诗人热爱家乡的深厚情怀。

萨都剌

萨都剌（约1307—?），字天锡，号直斋，元代西域人，答失蛮氏，世居雁门（今山西代县）。元泰定四年（1327）进士，官至江南行台侍御史。著有《雁门集》。至元二年（1336）春，萨都剌就任闽海福建道肃政廉访司知事，赴福州上任，途经金华兰溪。

兰溪舟中

水底霞天鱼尾赤，春波绿占白鸥汀。
越船一叶兰溪上，载得金华一半青。

（《雁门集》卷一二）

赏 析

这是萨都剌过境金华兰溪，在兰江之上写就的一首七绝。诗人以超强的想象力写下了这首诗。赤尾鱼本是兰江中的特产，诗人用之比喻倒映在水面的霞光折射出的迷人色彩。而白鸥群居的江中小洲也被诗人写得传神耀眼，绿色的春波居然占据了白鸥的领地。这两句诗色彩灵动，充分显示了诗人渲染的画面感，以及遣词用字的深厚功力。接着诗人以平和的转句，得出了惊艳世人的名句"载得金华一半青"。此诗无论对自然风光还是人文景胜，都描绘得恰到好处，赞美了金华的秀色风光。

清　王铨　月夜泊舟

明清

浙江诗话

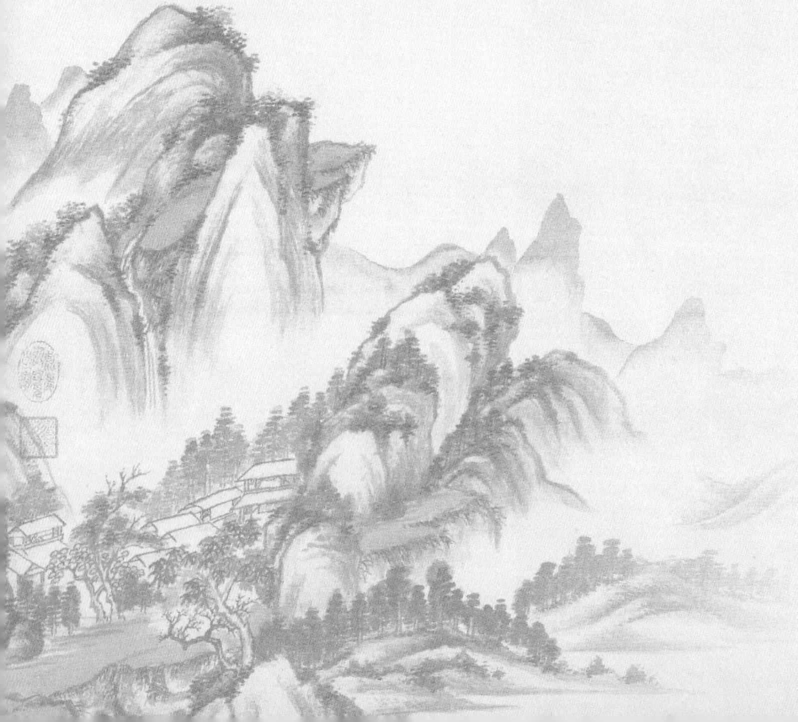

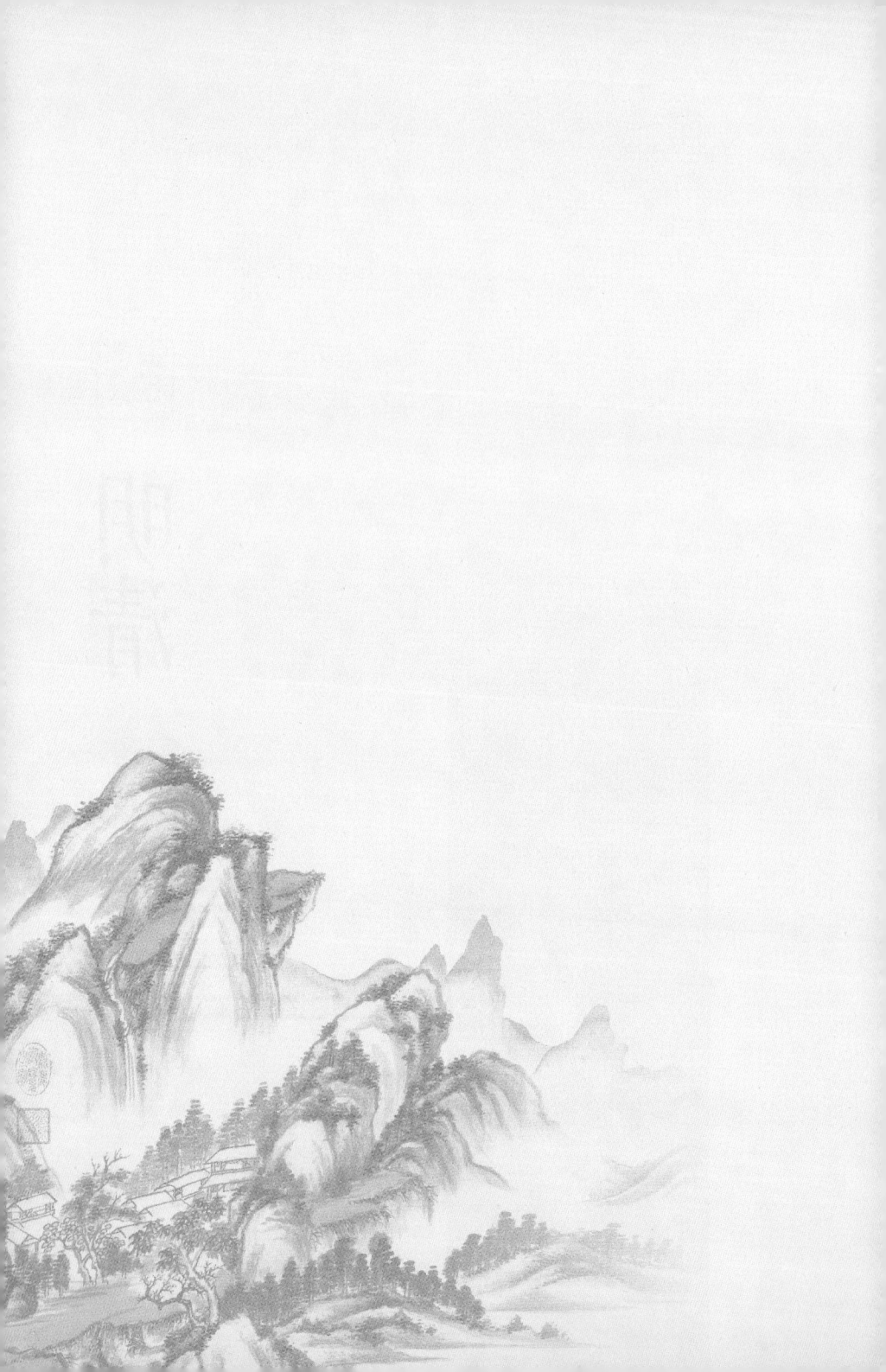

宋　濂

宋濂（1310—1381），字景濂，号潜溪，金华潜溪（今属浙江金华市金东区）人，后迁居浦江青萝山。幼敏明强记，从吴莱等名师学。元顺帝至正中，隐居龙门山，号玄真子。朱元璋取婺州，与刘基、章溢、叶琛并征至应天，授江南儒学提举，授太子经书。官至翰林学士承旨、知制诰。为明开国文臣之首，学者称太史公。因长孙宋慎坐胡惟庸党死，被贬谪茂州（今四川茂县），卒于夔州（今重庆奉节）。正德中，追谥文宪。

还潜溪故居[1]

自入潜溪住，超然绝世氛。

懒寻书作伴，长与鹤为群。

千虑净于水，一身闲似云。

梅花领幽赏，疏雪隔窗分。

（《萝山集》卷三）

注　释

[1] 潜溪故居：潜溪在金华城东七十里芙蓉峰下，是宋濂家族世居之

地。故居旧址在今金华市金东区傅村镇上柳家村东北角，已圮毁，仅存"宋濂故居遗址"石碑一块。

赏 析

  宋濂四十一岁时自潜溪迁居浦江青萝山，五十岁时返回潜溪故居，此诗即其回潜溪居住时所写。诗人在这首诗中重点突出故乡的宁静，如首句说自从回潜溪小住，就觉得这里有一种超然绝世的感觉。接着诗人描写生活情境，一整天慵懒地与书相伴，或似闲云野鹤般自处，也可以用溪中的清水洗去心中的烦恼，更可以如白云般自由飘荡。诗人发现了门口的一株梅花，他静静地欣赏并懂得了梅花抱雪的真正含义。诗人自比闲云野鹤，寄情于梅花疏雪，描写了回旧居时悠然惬意的生活状态。

刘 基

　　刘基（1311—1375），字伯温，青田南田（今属浙江文成）人。元元统元年（1333）进士，授高安县丞。后辞官隐居。至正二十年（1360），被征召，辅佐朱元璋成就帝业，为明朝开国元勋之一，官至御史中丞兼太史令，封诚意伯。晚年被胡惟庸构陷，郁愤而终。刘基为元明间浙派文人领袖，与宋濂、高启并称为"明初诗文三大家"。有《诚意伯文集》。刘基曾多次途经金华，留有诗作。

自衢州至兰溪

秋郊敛微雨，霁色澄人心。

振策率广路，逍遥散烦襟。

疏烟带平原，薄云去高岑。

湛湛水凝碧，离离稻垂金。

荞麦霜始秀，玄蝉寒更吟。[1]

幽怀耿虚寂，好景自相寻。

心契清川流，目玩嘉树林。

歌传沧浪调，曲继白雪音。[2]

仙山在咫尺，早晚期登临。

（《刘伯温集》卷二〇）

注　释

[1] 荞麦：一年生草本植物，叶狭长，羽状分裂，花白色，茎叶嫩时可食。　[2] 沧浪调：《孟子·离娄上》："有孺子歌曰：'沧浪之水清兮，可以濯我缨。沧浪之水浊兮，可以濯我足。'"后世以"沧浪"代指此歌，表达一种隐逸情怀。白雪音：宋玉《对楚王问》："其为《阳春》《白雪》，国中属而和者不过数十人。"后世用"白雪"指高雅不凡的音乐或歌诗。

赏　析

这首诗是刘基于至正年间，因不满官场污浊，愤而辞官，归乡途中所作。诗人自衢州进入兰溪后，为沿途景色所动，心情大有改观。首句就写了在茫茫秋原之上，雨后洗涤人心的过程。首先是诗人在宽阔的大道上策马扬鞭，这种奔驰的快意让他消去了不少烦恼。接下去沿途的景物更是让他忘却了曾经的愁闷，有衢江碧波，有稻田金浪，更有歌曲传声，金华山也越来越近。至此，诗人心中的愁结解开，对仕途感到厌倦，欲归隐泉林。因为金华洞天仙山近在咫尺，自己想要登临游览，吟唱沧浪之歌，演奏白雪之曲。虽然诗人表现出遁世的思想，但仍心存报国之念。诗中也蕴含着诗人对现实和民生的关心，以及对现实政治的批判。

王 祎

王祎（1322—1373），字子充，金华义乌（今浙江义乌）人。幼敏慧，稍长拜柳贯、黄溍为师，以文章名世。时元政衰敝，王祎隐居青岩山中，专事著述。至正十八年（1358），朱元璋率部攻取婺州，召授江南儒学提举、南康府同知。洪武初，与修《元史》，与宋濂同为总裁，书成，擢翰林待制。明洪武五年（1372），赍诏往云南，谕梁王归降明朝而被杀害。后赠翰林学士，谥文节。正统时改谥忠文。有《王忠文公集》。

春日绣湖上与德元同行二首（其一）[1]

十里华川上，年来足胜游。
雨花林下寺，风柳驿边楼。[2]
漠漠夫蓉浦，依依杜若洲。[3]
平生身外事，未许付浮鸥。

（《王祎集》卷二）

注 释

[1] 绣湖：即今义乌市中心的绣湖。　　[2] 雨花：谓讲经说法，引

来天上坠落花朵。比喻佛理精妙。林下寺：即树木掩映下的大安寺塔。　　[3]杜若：香草名，味辛香。《楚辞·九歌·湘君》："采芳洲兮杜若，将以遗兮下女。"

赏　析

　　这是王祎与朋友德元偕游绣湖的诗。诗人以简洁凝练的语言，描述了故乡绣湖的胜景。开篇就说十里碧波，足以满足游兴，表达了对家乡胜景的自豪。接下去诗人就这份自豪感进行详细描绘，花雨下的寺塔，风柳中的画楼，还有广漠使人壮怀的荡漾湖水，更有精致值得留恋的水中绿洲。然而诗人并不满足于欣赏故乡的美景，面对社会动荡不安，人民饱受战乱流离之苦，心中有理想壮志，欲使社会安定。故而结句言自己尚不能如浮鸥一般，沉浸于故乡的美景之中，尚有许多事情需要去忙碌，表达了诗人建功立业的志愿。

朱元璋

朱元璋（1328—1398），初名重八、兴宗，字国瑞，濠州钟离（今安徽凤阳）人。明朝开国皇帝。幼年穷苦，入皇觉寺为僧，旋即出外化缘乞食。元至正十二年（1352），朱元璋投奔郭子兴的红巾军。入伍后，因作战勇敢，机智灵活，朱元璋很快得到郭子兴的赏识，并娶了郭子兴的养女马氏为妻，从此改名朱元璋。至正十五年郭子兴病逝后，朱元璋迅速扩张自己的势力，自任元帅，攻城拔寨。在击败陈友谅、张士诚等势力后，出兵伐元。后称帝，国号明，定都南京。至正十八年，朱元璋发动婺州之战，亲自率兵围攻金华，因有诗作。

牧羊儿土鼓[1]

群羊朝牧遍山坡，松下常吟乐道歌。[2]
土鼓枹时山鬼听，石泉濯处涧鸥和。[3]
金华谁识仙机密，兰渚何知道术多。
岁久市中终得信，叱羊洞口白云过。

（《明太祖集》卷二〇）

注 释

[1]土鼓：民间自制的一种用陶土制成的粗陋打击乐器。 [2]乐道歌：原为古代流传的演唱修行悟道的歌曲，后代指民间传唱神仙故事的俗曲。 [3]桴（fú）：指击鼓。

赏 析

  朱元璋攻占金华后，在金华招募到一大批饱学之士，成了日后建立政权的基石。由于战役的胜利，朱元璋心情异常兴奋，在安顿好兵马后，率一干将士游览赤松宫。当他听完黄大仙的故事，远处飘来牧童传唱的神仙故事歌谣，他深有感触地写下了这首诗。由于朱元璋出身贫寒，未受过正规教育，诗作通俗易懂，颈联所言仙机、道术，表达了其招揽人才的愿望。尾联化用黄初平仙人叱羊成石故事，表明了自己终得人才、欲平定天下的决心。

方孝孺

方孝孺（1357—1402），字希直，又字希古，浙江宁海人。幼年即遵父命，拜在宋濂门下。明洪武二十五年（1392）召至京，除汉中府教授。蜀献王闻其贤，聘为世子师，名其屋为"正学"，学者称正学先生。建文帝即位，召为侍讲学士。修《太祖实录》，为总裁。建文四年（1402），燕王朱棣起兵入南京，方孝孺因不屈，遂被磔于市，宗族亲友弟子数百人受牵连被杀。有《逊志斋集》。

郑义门 [1]

丹诏旌门已拜嘉，千年盛典实堪夸。[2]
史臣何用春秋笔，天子亲书孝义家。[3]

（《逊志斋集》卷二四）

注　释

[1] 郑义门：位于今浦江县郑宅镇。自北宋重和元年（1118）至明朝天顺三年（1459），郑氏家族在此合族同居历时三百四十余年。明太祖朱元璋称其为"江南第一家"。　[2] 丹诏：帝王的诏书。诏书以朱笔书写，故称。旌门：旌表门闾。旧时朝廷官府对忠孝节义的人，赐给匾额，挂于门庭之上，或树立牌坊，以示表彰。拜嘉：拜谢赞美、惠

赐。　　[3]春秋笔：据事直书的史笔。孔子修《春秋》，笔则笔，削则削；字寓褒贬，不佞不谀，使乱臣贼子惧。

赏　析

　　方孝孺是宋濂的学生，在郑义门聆听先生教诲，对郑义门自有很深的感情。这首诗以描实叙史的手法，细致地描述和介绍了郑义门的不凡历史和地位，也盛赞当时的皇帝朱元璋对其孝义传家的褒扬。后来，诗人面对燕王朱棣的威逼利诱，大义凛然，高呼"以此殉君兮，抑又何求"的豪言，慷慨赴死。通过此诗，诗人表达了对郑氏家族的高度褒扬，表明了其尚儒崇义的社会理想，也是诗人日后凛然殉节的光辉写照。

宋　约

宋约，生卒年不详，字文博，胙城（今河南延津）人。明中期进士，汤溪首任知县。在汤溪置县以前，因属四县边隅之地，官府鞭长莫及，因此盗匪猖獗不止，百姓苦不堪言。明成化六年（1470）下诏，"割金、兰、龙、遂四县之地置汤溪县"，并任命宋约为知县，时其年已逾六旬。宋约上任后，勤勉政务，兴修水利，打击豪强，兴办学校。后汤溪百姓奉祀其为城隍神。

九峰山[1]

亭亭九瓣拥青莲，中有飞来一道泉。[2]

瑶草不知春几度，碧桃已老岁三千。

岩前月冷猿空啸，洞里云深鹿自眠。

莫道葛洪仙去远，至今丹灶尚依然。[3]

（《万历金华府志》卷四）

注　释

[1]九峰山：又称龙邱山，因叠嶂连冈，奇峰挺九，故名九峰，是仙霞岭山脉余支，为丹霞地貌结构，峰石林立，风景奇秀。《汤溪县志》云：

"自来贤士大夫，春秋佳日，偶事游观之乐，必于九峰。"　　[2]九瓣：九座山峰形似花瓣。九座山峰分别名为达摩峰、牛头峰、芙蓉峰、寿桃峰、大马峰、小马峰、马钟峰、饭甑峰、箬帽峰。一道泉：九峰禅寺前的一泓飞瀑。　　[3]葛洪：东晋道家、医学家、炼丹家，字稚川，自号抱朴子。相传葛洪曾在九峰山炼丹，至今尚有丹灶遗迹。

赏　析

　　宋约在汤溪任职八年，在一片荒芜的山坡上亲手建造了一座汤溪城，这座县城成了他终生的荣誉。宋约写这首诗颇有一份自豪的神采，九峰山迷人的自然景色和神仙传说成为他如数家珍的宝贵资源。遥峰、飞泉、仙草、碧桃、危岩、云洞加上啸猿、眠鹿，自成仙境。晋代葛洪在此砌灶炼丹，遗存至今。从诗中可以看出，诗人的确是已经深深地爱上这片土地了。

文 林

文林(1445—1499),字宗儒,长洲(今江苏苏州)人。明成化八年(1472)进士,初授永嘉知县,迁南京太仆寺丞。后因病告归,复起任温州知府,卒于官。学问赅博,尤精于易数。有《琅琊漫抄》。曾赴任温州,途经金华。

永 康[1]

画舸乘风入永康,疏花缘岸一溪长。[2]
山淘麦浪青重叠,云衅鱼鳞白渺茫。
王事有程行作吏,胜游无侣梦还乡。
直输渔父芦汀畔,斗酒浑家醉野航。

(《列朝诗集》丙集卷六)

注 释

[1]永康:三国吴赤乌年间置县,代有兴废,至元代永康县属婺州路,后改婺州路为金华府,永康属之。　[2]画舸:有装饰的船只。

赏　析

　　从金华到温州走水路，需乘船到永康，然后经陆路在缙云换乘舟船循瓯江抵达温州，故而永康是从金华去温州绕不过的水上驿站。从诗句来看，诗人的这次赴任心情较为愉快，两岸的景色也因此显得尤为迷人。尤其还有船家斗酒，诗人一路上可谓兴致勃勃，神采飞扬。诗人以此诗赞美永康的无限江景，借此表达了奉行王事，赴官为民造福的志愿；虽有如此美好的山川之景，可惜无友同游。诗人后因积劳成疾而逝于温州任上。

明　唐寅　芦汀系艇图（局部）

王守仁

王守仁（1472—1529），字伯安，号阳明，余姚（今浙江余姚）人。明弘治十二年（1499）进士。官至南京兵部尚书、左都御史。王阳明是"心学"的集大成者，其所倡"致良知"之学在明代中晚期风行一时，甚至对东亚各国都有影响。有《王文成公全书》。王守仁与金华颇有缘分，曾两次过兰溪拜见金华大儒章懋，并留下诗作。

题兰溪圣寿教寺壁[1]

兰溪山水地，卜筑趁云岑。[2]

况复径行日，方多避地心。

潭沉秋色静，山晚市烟深。

更有枫山老，时堪杖履寻。[3]

（《王阳明全集补编》增补本）

注　释

[1] 圣寿教寺：兰溪古寺，始建于南朝梁大同年间，今已不存。当时章懋住处距离该寺不远。　　[2] 卜筑：择地建筑住宅，有定居之

意。　　[3]枫山：指章懋。章懋归乡后，隐居枫木庵，故称为枫山先生。杖履：此谓杖履相从，即追随左右之意。

赏　析

　　这首诗写于明正德年间，经过人生挫折大彻大悟后的王守仁，在平定宁王叛乱后归乡，再次途经兰溪。诗人入城拜见了章懋。这时的章懋已是耄耋之年，正在兰溪休养。章懋邀请王阳明共登圣寿教寺，于是就有了这首诗作。这首诗描述了章懋先生居住地附近的景象，以其平淡的背景为先生的人格作铺垫。诗的最后，用一句"更有枫山老"将章懋推到前台，并用一句"时堪杖履寻"表达了相追随的意愿。

戚 雄

戚雄，生卒年不详，字世英，号雪崖，金华府金华县（今金华市区）人。明正德六年（1511）进士，初授建阳县令，后升为南京监察御史。嘉靖六年（1527）被革职回乡。回乡后，戚雄致力于家乡文化研究，整理先辈文章，编成《金华文统》，还编纂了首部《金华县志》。

赤松山

方外幽居偶一过，天风吹上白云窝。

山围四野苍苍色，水映双溪淡淡波。

画戟屡挥高唱绝，蓬壶同醉早春和。[1]

欲穷羽化千年事，松老无枝长薜萝。[2]

（《万历金华府志》卷三）

注 释

[1] 画戟：古兵器名。因有彩饰，故称。旧时常作为仪饰之用。　[2] 羽化：代指成仙。

赏 析

　　这是一首以轻快的笔调讲述游览赤松山的诗。诗人首先描述远离俗世喧嚣、悠闲自得的状态，就像被风吹进仙境一样，无比舒心愉悦。接着颔颈两联强化仙境的构成，以此突出诗人身处赤松山中无与伦比的畅意。在这样美妙的景色中，诗人还要深入山中，探寻仙人，可惜只寻到了缠满薜萝的老松树。全诗表达了诗人对山中幽居、宁静生活的向往。

明　仇英　玉洞仙源图（局部）

陈元珂

陈元珂,生卒年不详,字仲声,号双山,怀安(今福建闽侯)人。明嘉靖十四年(1535)进士,嘉靖二十六年擢金华知府。政尚严明,重风教,行乡约,一郡称治。有《居婺文录》。

讲堂洞[1]

结伴寻幽向赤城,灵岩洞处托高情。[2]

松花入口凭风起,竹杖穿云带月行。

谢朓青山吟自适,陶潜浊酒兴偏清。[3]

此身已判从深隐,懒慢缄书寄玉京。

(康熙《金华县志》卷一○)

注 释

[1]讲堂洞:即九龙洞,在今金华山九龙村。相传是南朝刘孝标讲学处,故称。 [2]赤城:即紫岩山,山色呈红紫色,故称。亦代指传说中的仙境。 [3]谢朓:南朝齐诗人,曾任宣城太守,喜登临山水。陶潜:即陶渊明。

赏　析

　　这首诗是陈元珂在金华任上所写。刘孝标是南朝的著名学者，其所留遗迹讲堂洞已然成为金华的文化标识之一。陈元珂是一位注重文化的官员，拜谒前贤顺理成章。于是诗人与人结伴而行，心怀仰慕向讲堂洞进发。诗人没有细写沿途经历，而是信笔直接跳跃到洞口，以空灵的诗意描叙洞口的景色："松花入口凭风起，竹杖穿云带月行。"这样的诗句读来令人为之陶醉。然后诗人以陶渊明和谢朓自况，表达了追慕先贤之意，以及登临山水、寄情诗酒的愿望。或许诗人受到了感染，生出了"深隐"的念头。由此可见前贤精神的感染力。

清　吴历　晴云洞壑图（局部）

程正谊

程正谊（1534—1612），字叔明，金华府永康县（今浙江永康）人。明隆庆五年（1571）进士，初授武昌司理，后入刑部分巡云南，历官刑部主事、顺天府尹等职。后因故引咎解职回乡。讲学五峰书院十余年。有《宸华堂集》。

五峰瀑布[1]

千寻峭壁峙嵯峨，万道春流壮落坡。

喷薄云中倾玉液，腾飞天上接银河。

晓风沫洒流云湿，夜月声惊飞鸟过。

千古鬼工妆异景，奇哉造化竟如何。

（《宸华堂集》卷二）

注 释

[1]五峰：在今永康市方岩镇，因有鸡鸣、桃花、覆釜、瀑布、固厚五座山峰环拱而得名。

赏 析

今方岩景区的五峰瀑布是永康市域内落差最大的瀑布群，是永康的著名景点之一。诗人自幼在永康成长，致仕后又在此讲学传道，因此对这里的瀑布很熟悉，于是就有了开篇所写的壮景。百丈峭壁对峙，万道飞瀑壮声，这该是多么壮观的场景！诗人接着细细描绘瀑布的各种状态，薄云倾玉，晓风洒沫，对于如此鬼斧神工之自然杰作，诗人禁不住高声赞叹大自然造物的神奇伟力。

黄宾虹　永康山峰图（局部）

张元忭

张元忭（1538—1588），字子荩，号阳和，绍兴府山阴县（今浙江绍兴）人。明隆庆五年（1571）状元及第，授翰林修撰，仕至左春坊左谕德兼翰林侍读，曾任岳麓书院山长。师从王畿，传阳明良知之学。卒后追谥文恭。有《不二斋稿》等。

登吴宁台吊古二首（其一）[1]

赤手捍孤城，官清岭可凭。[2]

臣心酬马革，子舍尽乌情。[3]

但识生前愿，宁知死后名。

登台凭吊处，犹有杜鹃声。

（《道光东阳县志》卷二六）

注　释

[1]吴宁台：东阳古迹，在旧东阳县署内，始建于五代时期，为纪念御寇安民的县令张潮而筑。　[2]官清岭：在东阳治南，为五代时张潮父子殉难之处。　[3]马革：即马革裹尸之意，指战死疆场，报效国家。乌情：奉养长辈的孝心。晋李密《陈情表》："乌鸟私情，愿乞终养。"

赏　析

　　这首诗是张元忭登吴宁台，凭吊五代后晋时期为保卫东阳城而殉难的张潮父子而写。诗的开篇直接描写张潮父子凭借山险奋勇抗敌的场面，然后续写一家人忠心报国以尽孝道的悲壮。诗人在颈联进一步介绍了张潮为国捐躯的雄心壮胆，以及捍卫声名的英雄气节。最后，诗人登台吊古，以杜鹃悲鸣之声道出了心中的悲哀，也对卫城英雄表达了无尽的哀思。全篇情感苍劲悲凉，诗人在抒发悲伤的同时，更以"生前愿"和"死后名"表达了对生与死、名和利的抉择。

胡应麟

胡应麟（1551—1602），字元瑞，号少室山人，又号石羊生，浙江兰溪人。明万历四年（1576）乡试中举。万历十九年，加入白榆社，在汪道昆死后成为江南文坛盟主。与李维桢、屠隆、魏允中、赵用贤并称为"末五子"。有《少室山房集》《诗薮》等。

金华三洞

万仞朝真天际头，双龙飞瀑望堪愁。

何如坐对王维画，四壁青山尽意游。[1]

（《少室山房类稿》卷七五）

注 释

[1] 王维：唐代著名诗人，字摩诘，河东蒲州（今山西运城）人。宋苏轼评之曰："味摩诘之诗，诗中有画；观摩诘之画，画中有诗。"

赏 析

这是一首赞美家乡胜景，反映诗人快意生活的诗作。诗人以夸张的手法描述了金华三洞的瑰丽景象，那与天际融为一体的山峰，那一眼望不见尽头的飞瀑，着实令人忧愁。这不是真正的愁，而是沉浸在欣赏景色的喜悦中却看不尽景色的愁。诗人巧妙地将眼中景色与王维之画作对比，更增加了金华三洞的诗意，进而抒发了在四面青山中快意胜游的美好心情。

蒋莲僧　卅六洞天图（局部）

江伯容

江伯容(1580—1647),字有量,浙江兰溪人。幼以诗文知名,不乐仕进。明万历年间,在龙首山和芝崖之间的坞口枕山面水之地筑室而居,取名"青萝馆",专心著述。有《青萝馆集》。

兰阴山 [1]

四望千山与万山,红楼粉堞水云间。[2]

凌空便欲飞双舄,何似浮丘驾鹤还。[3]

(《青萝馆集》卷三)

注 释

[1] 兰阴山:兰溪景点之一,在衢江、婺江、兰江交汇处,登高可以俯瞰三江胜景。 [2] 堞(dié):城墙。 [3] 双舄(xì):《后汉书·王乔传》载,王乔在汉明帝时担任叶县县令,他有神术,常从叶县飞来朝廷谒见。明帝见他来得这么迅速频繁,又无车骑随从,感到奇怪,便暗中命人调查。经调查得知,每当他来时,就有一对野鸭从东南方飞来。于是等到野鸭再飞来时,就命人用网去捉,但只得到一只鞋子。舄,鞋的通称。浮丘:浮丘公,传说尝骑鹤游嵩山,修道山中。

赏　析

　　兰阴山是兰溪的著名景点，因紧邻市区而游客络绎不绝。诗人的家离兰阴山不远，因此时常登高望远，抒发壮志，这首诗就是他在兰阴山所写。诗人以远望所得的山水楼堞入笔，赞美大自然的魅力，展示出古老建筑与山水的互相映衬。然后借用东汉王乔飞腾凌空，自由往返，以及浮丘公驾鹤飞腾的传说，表达了自己欲远骞高举的愿望。

清　髡残　云洞流泉图（局部）

张国维

张国维（1595—1646），字玉笥，金华府东阳县（今浙江东阳）人。明天启二年（1622）进士，初授番禺知县，升任右佥都御史。明末往江南募兵，与清军激战，不敌，退至东阳。隆武二年（1646），清军连克金华、义乌，兵锋直抵东阳。张国维知势不可为，赋绝命词三章，投水殉国。

赴义词三章（其一）

艰难百战戴吾君，壁垒东南气厉云。

死去仍为朱氏鬼，精灵常傍孝陵坟。[1]

（《张忠敏公遗集》卷九）

注　释

[1] 孝陵坟：明太祖朱元璋与孝慈高皇后马氏的合葬墓，在今南京市紫金山南麓。

赏　析

张国维是一位很有气节的英雄，面对清军围城，见大势已去，以自身一死免去了清军对全城的屠戮。因其忠君爱国之心常昭日月，故为后人所敬仰。此首绝句正气干云，诗人甚至愿死后为鬼，仍忠于明朝，常伴明孝陵。其所作后两章，是给家人的遗言。一首有"惟哀鳌母暮途穷""今古由来孝治同"句，其对母亲之孝催人泪下；一首言"而今绝口莫谈兵""秉耒全身得所生"，劝慰儿子务农奉亲，其风范令人敬重。

张 岱

张岱（1597—1689），一名维城，字宗子，又字石公，号陶庵、陶庵老人等，晚年号六休居士，浙江山阴（今浙江绍兴）人。明崇祯八年（1635）参加乡试，因不第而未入仕。明亡后，避兵灾于剡中，兵灾结束后隐居四明山中。有《石匮书》《陶庵梦忆》等。

浦江火肉[1]

至味惟猪肉，金华蚤得名。[2]

珊瑚同肉软，琥珀并脂明。

味在淡中取，香从烟里生。

腥膻气味尽，堪配雪芽清。[3]

（《张岱诗文集·诗集》卷四）

注 释

[1] 火肉：即今金华火腿。　　[2] 蚤：同"早"。　　[3] 雪芽：指兰雪茶。张岱《陶庵梦忆》中引宋王十朋称赞绍兴所产之茶"龙山瑞草，日铸雪芽"，并认为"雪芽得其色矣，未得其气，余戏呼之'兰雪'"。

赏 析

　　张岱的这首五言律诗是为金华火腿而作，诗题中的"浦江"即因出产优质火腿而出名。诗的首联以"至味"一词统领全篇，为赞美火腿奠定基调。在这个基调下，诗人首先肯定了猪肉的鲜美和金华在火腿制作上的历史地位。接下来描写火腿的形和色，瘦肉像珊瑚一样色泽艳丽，肥肉像琥珀一样澄黄透亮。然后又描写火腿的香味和工艺，在清淡中提取至味，从烟熏中获得香气。最后诗人在尾联呼应"至味"二字，膻味已尽，清香扑鼻，与雪芽茶搭配，相得益彰。这是历代介绍金华火腿的诗中具有代表性的一首。

李 渔

李渔(1611—1680),初名仙侣,后改名渔,字谪凡,号笠翁,金华府兰溪县(今浙江兰溪)人。明末清初文学家、戏曲家。明崇祯年间多次参加科举,不中而归,绝意功名。入清,流寓金华、杭州、南京等地,终老于杭州,从事戏曲著述,并指导戏剧演出。有《闲情偶寄》《笠翁十种曲》等。

朱梅溪宗侯谪婺州[1]

宗侯俯就幕僚司,不是皇家薄本支。

欲使臣邻知有法,暂疏骨肉示无私。

谪居到处江山好,吏隐从来冷暖宜。

初莅双溪秋正爽,登楼先和沈郎诗。[2]

(《李渔全集·笠翁一家言诗词集》诗集卷二)

注 释

[1] 朱梅溪:明末官员,因敢于直言而被贬至金华。宗侯:皇室成员。原诗题下有注:"宗侯久仕谏垣,以敢言获罪,初贬江右,再迁浙东。婺郡有沈休文八咏楼,常拉予啸歌其上,予有一联云:'沈郎侧目休题

句，婺女当头莫摘星。'即为宗侯代撰者也。" [2]沈郎诗：即沈约《八咏诗》。

赏　析

  这是一首很有意思的劝慰诗，劝慰的对象是明皇室宗亲朱梅溪，他因直言而获罪，一贬再贬，谪至婺州。朱梅溪闻知李渔的才学，辟为幕客，于是诗人赠以此诗。诗人用一个"俯就"，再一个"皇家"以宽慰朱梅溪。然后，诗人再通过法与私的分析，加之诱人的"谪居好"和"吏隐宜"，朱梅溪想必已经释然了。而更绝妙的是尾联，"双溪秋正爽"与"登楼先和沈郎诗"，才是文人十分期盼的人生乐趣。这首诗情理交融，暗含志趣，与其说是劝慰朱梅溪，不如说是诗人宽慰自己。

查慎行

　　查慎行（1650—1727），初名嗣琏，字夏重，号查田，改字悔余，晚号初白老人，浙江海宁人。清康熙三十二年（1693）举人。四十二年，以献诗赐进士出身，入直南书房，授翰林院编修，数次随驾巡游。雍正四年（1726）受弟嗣庭案株连，后从宽放归，旋卒。工诗，兼采唐宋，为"清初六家"之一，自朱彝尊卒后，为东南诗坛领袖。有《他山诗钞》《敬业堂集》等。查慎行曾游闽南，乘舟经过富春江、兰溪，途经金华，留有诗作。

由兰溪县坐茭白船晚至金华[1]

疏林野岸开平远，漠漠江天秋向晚。
陆龟蒙鸭戴嵩牛，一带村家供画本。[2]
赤松门外问长年，指似金华小洞天。
偶然走入羊群里，去作人间狡狯仙。
我与初平称莫逆，重来已是千年别。
可惜岩头乏主人，乱山依旧堆顽石。[3]

（《查慎行集·敬业堂诗集》卷一八）

注　释

[1] 茭白船：金华江上的一种小型船只，形似茭白，故名。　[2] "陆龟蒙"二句：以陆龟蒙训鸭和戴嵩画牛的故事比喻江边的如画景色。　[3] 乱山：指金华山的重岩叠嶂。

赏　析

　　这首诗写于康熙三十七年（1698）四月，诗人与朱彝尊前往闽南，乘舟经过富春江、兰江来到金华。诗人用诗意的语言描述从兰溪到金华的婺江两岸的景色。诗的首句就描写了婺江两岸平坦开阔的田野，以及江天一色的壮丽秋景。然后诗人以借喻的手法，将眼前的景象描绘得像一幅古人笔下的画卷。之后，诗人的思绪放飞，似乎来到了赤松门外，瞬间又来到了金华山上，而念念不忘的就是羊群中的仙人黄初平。听诗人说来，他与黄初平已经是相别千年的莫逆之交，只可惜山间的岩石依旧，而他的朋友不知在何处。诗人以白描的笔法、丰富的想象力，既赞美江山如画的金华景色，也抒发了寻仙不值的惋惜之情。

徐俟召

徐俟召,生卒年不详,字君待,金华府武义县(今浙江武义)人。清康熙三十二年(1693)中举,以文成名,尤以所写本地的山水诗著称。所著《宝泉说》被后人誉为金华茶文化史上一个独特的亮点。

熟水秋澄

百尺长虹锁碧流,芦汀荻浦净涵秋。[1]

丹枫夹岸红千叶,绿水如云落一洲。

遥见人从桥下过,恍疑舟向镜中游。

兴来闲坐苔矶上,浊酒清琴对野鸥。

(《武川备考》卷九)

注　释

[1] 百尺长虹:指熟溪桥,在武义县城中心,横跨熟溪,气势磅礴宏伟。

赏 析

  这是诗人描写故乡武义的《武阳十景》组诗之一,是在熟溪桥上观赏熟溪秋景而作。熟溪桥始建于南宋开禧三年(1207),是武义历史发展的见证者,就像一位古老的长者端坐在熟溪之上,默默地关注着世事兴衰和人间万象。诗人以长虹喻桥,形容其横锁碧流的姿态。桥下秋浦澄如镜面,倒映着芦荻在秋风中的摇曳之姿。诗的中间二联,诗人将读者带到一幅宛如梦境的画卷中,清净而不失诗意,宁静而不乏动感。于是诗人时常乘兴坐在长有苔痕的矶石上,一壶酒、一架琴,送鸥鹭远去,看风云舒卷。这首诗显示了诗人不俗的造景功力,也体现出诗人享受人生的快意。

宋　佚名　秋浦停舟图(局部)

阮 元

阮元（1764—1849），字伯元，号芸台、揅经老人等，扬州仪征（今江苏仪征）人。清乾隆五十四年（1789）进士，历官山东、浙江学政，浙江、江西巡抚及湖广、两广总督等职，勤于政事，提倡文教，所至之处，政绩斐然，官至体仁阁大学士。卒谥文达。有《揅经室集》等。他在督学浙江时主修《经籍籑诂》，巡抚浙江时立"诂经精舍"，对浙江文化建设影响甚大。

夜至永康县

四山看野烧，一路入荒榛。[1]
石卧频疑虎，松明远照人。[2]
城关延过客，行李累齐民。
为忆去年好，山阴画舫春。[3]

（《揅经室集》四集诗卷三）

注 释

[1] 野烧：野火。荒榛：杂乱丛生的草木，引申为荒芜之地。　[2] "石卧"句：化用西汉将军李广射石故事。据《史记·李将军列传》载，李

广出猎,见草中石,以为虎而射之,中石没镞,视之,为石也。松明:松枝含脂,可燃烧用以代替烛火,称为"松明"。 [3]山阴:即浙江山阴县(今属绍兴市)。

赏　析

  这首诗是诗人于嘉庆二年(1797)巡访永康时所作,时间大约是春季。首联写诗人在夜晚见到四面山野有野火燃烧,是山民为春耕做准备。四周忽闪的火光映衬下的山石仿佛卧在草丛中的老虎,船上燃起松明火把,可以远远照见岸边行人。接下去诗人就讲到了自己,因为自己的巡访而劳累了百姓,颇感惭愧,转而又忆起去年此时在山阴乘船游览的美好时光。诗人以写实的手法,表达了对美景的留恋和对地方百姓的关爱。

张作楠

张作楠(1772—1850),字丹邨,金华县(今金华市金东区)人。少时家贫,靠兄嫂资助攻读诗书。清嘉庆十三年(1808)进士,初授处州府学教授,后任太仓州知州,再升徐州知府。居官不事酬应,治水赈灾有实绩。在任两载,乞告养归。乡居二十多年,足迹不入城市,潜心著述。有《翠微山房丛书》《翠微山房遗诗》等。

烧石灰

山家凿石如凿冰,山家烧石如烧炭。

冰炭孰云不相入,顷刻灶头白成面。

田家利灰可粪田,山家利灰可换钱。

以石换钱钱换谷,丰凶在我非关天。

莫嫌灰价贵,幸念凿石苦。

请看石骨劈天高,几许霎时失足断腰股,

故鬼啾啾哭阴雨。[1]

(《翠微山房遗诗》)

注 释

[1] 石骨：坚硬的岩石。故鬼：指因开采石灰而不幸遇难的人。

赏 析

　　金华山蕴藏着丰富的石灰岩资源，自古以来都有以劈山烧灰为业的山民，然而这也是山民为了生计所做的无奈选择。这份职业既脏又累，还充满了危险。诗人的家就在金华山之麓，对山民从事的这份职业早就耳闻目睹，出于内心的震动，诗人写下了这首诗。全诗具体生动地描写了烧灰工登山凿石、烧石成灰的过程，以及石灰的作用，也写到了烧灰工的所思所想。诗的结尾以犀利的语言直击读者的心坎，再现烧灰工迫于生活而伤亡的悲惨命运。这首诗有很强的社会现实意义，表达了诗人对劳动人民的深切同情。

参考文献

C

《陈亮集（增订本）》，中华书局 1987 年版
《纯白斋类稿》，《文渊阁四库全书》本
《词综》，上海中华书局"四部备要"影印本
《翠微山房遗诗》，民国十三年辑本
《存雅堂遗稿斠补》，学苑出版社 2014 年版

D

《戴叔伦诗集校注》，上海古籍出版社 2010 年版
《道光东阳县志》，西泠印社出版社 2017 年版
《东莱吕太史文集》，宋嘉泰四年吕乔年刻本

F

《范浚集》，《文渊阁四库全书》本

G

《贯休歌诗系年笺注》，中华书局 2011 年版

H

《何北山先生遗集》，上海古籍出版社 2022 年版
《胡正惠公集》，清抄本
《胡仲子集》，上海古籍出版社 1991 年版

《黄潽集》，浙江古籍出版社 2013 年版

J

《剑南诗稿校注》，上海古籍出版社 1985 年版

《姜特立集》，浙江古籍出版社 2016 年版

K

康熙《金华县志》，清康熙三十四年刻本

L

《李清照集笺注》，上海古籍出版社 2002 年版

《李太白全集》，中华书局 1977 年版

《李渔全集》，浙江古籍出版社 1991 年版

《梁溪集》，岳麓书社 2004 年版

《列朝诗集》，中华书局 2007 年版

《刘伯温集》，浙江古籍出版社 2011 年版

《刘孝标集校注》，中华书局 2021 年版

《刘长卿集编年校注》，人民文学出版社 1999 年版

《柳贯集》，浙江古籍出版社 2014 年版

《龙洲集》，上海古籍出版社 1978 年版

《楼钥集》，浙江古籍出版社 2010 年版

《鲁斋集》，商务印书馆 1936 年版

《鹿皮子集》，《文渊阁四库全书》本

《萝山集》，国家图书馆出版社 2019 年版

《骆临海集笺注》，上海古籍出版社 1985 年版

M

《孟浩然诗集校注》，中华书局 2018 年版
《梅磵诗话》，明刻本
《明太祖集》，《文渊阁四库全书》本

N

《南涧甲乙稿》，《文渊阁四库全书》本

Q

《钱起集校注》，浙江古籍出版社 2015 年版
《青萝馆集》，明崇祯六年刻本
《权德舆诗文集》，上海古籍出版社 2008 年版
《全汉三国晋南北朝诗》，中华书局 1959 年版
《全宋词》，中华书局 1965 年版
《全唐诗》，中华书局 1960 年版
《全唐诗补编》，中华书局 1992 年版

R

《仁山文集》，《文渊阁四库全书》本

S

《少室山房类稿》，《文渊阁四库全书》本
《双溪集》，《文渊阁四库全书》本
《宋濂全集》，浙江古籍出版社 1999 年版
《宋诗纪事》，上海古籍出版社 1983 年版

《宋诗拾遗》，辽宁教育出版社 2000 年版
《苏轼诗集》，中华书局 1982 年版

T

《汤溪县志》，民国二十年铅印本
《唐五代诗全编》，上海古籍出版社 2024 年版

W

《万历金华府志》，台湾学生书局 1965 年版
《王荆文公诗笺注》，上海古籍出版社 2010 年版
《王阳明全集补编》，上海古籍出版社 2016 年版
《王祎集》，浙江古籍出版社 2016 年版
《韦庄集笺注》，上海古籍出版社 2002 年版
《吴莱集》，浙江古籍出版社 2024 年版
《吴师道集》，浙江古籍出版社 2012 年版
《武川备考》，清光绪二十六年刻本

X

《晞发集》，清康熙刻本
《先秦汉魏晋南北朝诗》，中华书局 2024 年版
《香山集》，《文渊阁四库全书》本
《辛弃疾集编年笺注》，中华书局 2015 年版
《许谦集》，浙江古籍出版社 2015 年版
《逊志斋集》，《文渊阁四库全书》本

Y

《揅经室集》,中华书局 1993 年版

《雁门集》,上海古籍出版社 1982 年版

《燕喜词》,清抄本

《杨万里集笺校》,中华书局 2007 年版

《叶適集》,中华书局 1961 年版

《扆华堂集》,明万历二十七年刻本

《玉台新咏笺注》,中华书局 1985 年版

《袁桷集校注》,中华书局 2012 年版

《悦斋文钞》,《续修金华丛书》本

Z

《查慎行集》,浙江古籍出版社 2014 年版

《张岱诗文集(增订本)》,上海古籍出版社 2014 年版

《张忠敏公遗集》,清咸丰刻本

《赵孟頫集》,浙江古籍出版社 2016 年版

《赵清献公文集》,《中华再造善本》本

《郑刚中集》,浙江古籍出版社 2023 年版

《昼上人集》,清抄本

《竹轩杂著》,《文渊阁四库全书》本

后 记

  金华市地处浙江诗路重要节点，自古就是一片诗词艺术的良田沃土。千百年来，"金华山色与天齐"，古诗词如婺江之水奔腾不息，成为金华文化星空中婺女、金星一般闪亮的星辰，始终烛照历史前行的道路，给予世代金华人源源不绝的精神文化力量。

  传承保护中华诗词这一历史文化瑰宝，是当代文化宣传工作者的重要使命与职责。为推动金华诗路文化和宋韵传世工程建设，弘扬"信义和美、拼搏实干、共建图强"的金华精神，中共金华市委宣传部对"诗话浙江"丛书金华分卷《明月双溪水》一书的编纂任务给予了高度重视，部领导亲自安排部署，相关处室协调统筹，并成立了高效精干的编写组。

  《明月双溪水》一书重在呈现金华的悠久历史、灿烂文化与美丽风光。全书精选历代吟咏金华的诗词百首，把握经典优先原则，在名家名篇中优中选优，以展示金华诗词的历史渊源、宏伟格局、文学特质和艺术价值，同时兼顾时代特点和地域因素。选录范围包括目前金华市所辖所有县、市的古代诗词作品。作品顺序按照朝代与作家的生活年代进行编排，所选诗词以经典的通行文本为主（缺字以□表示）。对入选作者，简要介绍其生平履历和著述情况，以及其与金华的关联。诗词后设注释和赏析，注释重在对作品中的人名、地名、典故以及疑难字词进行释义，力求通俗畅达，简明扼要；赏析阐述作品的创作背景、思想内容、艺术特色、地位影响，力求提纲挈领，要言不烦。

本书是集体编纂的成果，由中共浙江省委宣传部统一策划，中共金华市委宣传部统筹实施，并得到了葛永海先生、尚佐文先生的关心指导。书中部分插图由陈克勤协助制作，还得到九十一岁高龄的著名书法家、收藏家严军先生支持，在此一并致谢。还要感谢浙江古籍出版社的大力支持。因为时间仓促，本书的编写难免有疏漏之处，恳请读者批评指正！

"明月双溪水，清风八咏楼"，让我们更好地传承中华优秀传统文化，为金华文明的建设发展，贡献更多的诗词力量。

本册编写组

2024 年 11 月

图书在版编目（CIP）数据

明月双溪水：金华 / 丛书编写组编. -- 杭州：浙江古籍出版社，2024.11. --（诗话浙江）. -- ISBN 978-7-5540-3192-6

Ⅰ．I222.72

中国国家版本馆 CIP 数据核字第 2024G7S592 号

诗话浙江
明月双溪水
丛书编写组　编

出版发行	浙江古籍出版社
	（杭州市拱墅区环城北路 177 号　电话：0571-85176989）
责任编辑	徐　立
责任校对	叶静超
封面设计	张弥迪
责任印务	楼浩凯
照　　排	浙江新华图文制作有限公司
印　　刷	浙江新华数码印务有限公司
开　　本	880 mm×1230 mm　1/32
印　　张	7.5
字　　数	145 千字
版　　次	2024 年 11 月第 1 版
印　　次	2024 年 11 月第 1 次印刷
书　　号	ISBN 978-7-5540-3192-6
定　　价	42.00 元

如发现印装质量问题，影响阅读，请与本社印制部联系调换。